큰길 저만치 두고

큰길 저만치 두고

김광수 시조집

새미

시조선집을 엮으면서 가만히 돌아보니 내가 시조 특유의 형식과 음률의 매력에 이끌려 생의 대부분을 허우적거린 지도 어언 반백년이 다 되었다.

시조와 연이 닿은 동기나 사유가 어디에 있든 반세기 가까운 세월을 나는 민족혼을 빛내기 위해 점지된 피조물인양 시조창작과 시조의 숲 가꾸기에 혼신을 기울여야만 했다.

시조의 격조 높은 품격과 거기에 투영된 가치관, 흰옷자락 특유의 한이 서린 정서와 미의식을 관통한 상징성을 반영하기 위해서는 무엇보다 시조 본연의 형태적 특성을 잘 지켜야 한다고 생각했다.

그것은 평생토록 간직한 나의 신념이기도 하다. 그러기에 시조를 창작할 때나 남의 작품을 감상할 때 시조 특유의 형식과 가락을 가장 먼저 반면거울로 내걸어 거기 비추어보는 것이 습관화되었다 해도 과언이 아니다.

흔히 시대가 변했으니 시조도 변해야 한다고 주장하며 3장 6구 12음보라는 시조의 고유한 형태적 특성을 파괴하고 자유시 흉내를 낸 작품을 마치 현대적 감각과 정서를 잘 반영한 작품인 것처럼 호도(糊塗)하는 경우가 없지 않은데 이는 아주 그릇된 사리판

단이라 아니할 수 없다.

　시대가 변했다는 것은 맞는 말이다. 그러나 시조는 시조만이 지닌 형태적 특성이 있으므로 그에 부합하는 내재적 현대화를 도모해야 하는 것이다. 그리고 시조는 대체로 진부하고 형식에 얽매인 고전적 잔유물이라는 인식 또한 매우 잘못된 것이다.

　이 시조선집『큰길 저만치 두고』에는 1984년에 출간한 첫 시집『등잔불의 초상』, 2007년에 선보인 두 번째 시집『길을 가다가』중에서 가려낸 작품, 2017년에 매우 곡진한 심정으로 발간한『곡 없는 반가』중에서 발췌한 작품, 그리고 시집에 묶이지 않았거나 근래에 쓴 작품들을 쓸어 모아 도합 240여 편을 주제가 유사한 작품끼리 제9부로 나누어 수록하였다.

　이미 선보인 3권의 작품집을 시집(詩集)이라고 한 것은 시조(時調)가 아닌 시(詩)가 더러 혼재(混在)하였기 때문이다. 물론 시조(時調)도 시(詩)이다. 그러나 순정(純正)한 시조만을 엮었다면 굳이 시집(詩集)이라 명명하지는 않았을 것이다.

　이 시조선집(時調選集)을 묶는 까닭은 순수한 시조만을 수록하려는데 목적이 있다 해도 과언이 아니다. 그러나 비록 시조라 해도 축시(祝詩) 또는 조시(弔詩) 같은 목적시는 배제하였음을 밝혀둔다.

사실 문단 경력 반세기(半世紀)란 세월에 비하면 매우 과작이라고 아니할 수 없다. 그러한 까닭은 평소의 신념 때문이기도 하지만 태생적 타성에다 고집스러운 관념으로 양적인 검불보다는 질적인 구슬을 지향해야 한다는 암묵적 자기약속과 자아의식 고수에 충실하려 애쓴 노역(勞役)의 결과물이기도 한 것이다.

하지만 '큰길 저만치 두고' 대로(大路)에 다가서지도 못한 채 소로(小路)에서만 비틀거렸기 때문에 시조의 반듯한 보법(步法)조차 터득하지 못한 실정이라 적지 아니 아쉬움이 남는다.

끝으로 이 시조선집 이 나오기까지 정성을 다하여 편집, 교정, 장정, 제본 등 일체의 번다(煩多)한 과정을 거치면서 수고를 아끼지 않은 김홍열 시백과 진길자 시형의 은의(恩意)를 가슴 깊이 새기는 동시에, 이원회(梨苑會)를 함께 이끌며 시조림(時調林)을 열심히 가꾸고 있는 김은자, 김순자, 최은희 등, 시우(詩友)들의 아낌없는 후의(厚誼)와 노고에 진심으로 감사의 뜻을 표한다.

그리고 누군가가 '큰길 저만치 두고'의 노변(路邊)에서 "시조 같은 시조"를 만났노라고 한다면 더 바랄 것이 없겠다.

著者 一常 金光洙 삼가

제1부 고향서정

제2부 초록단상

제3부 삶의 궤적

제4부 길을 걷다가

제5부 요즘의 닮은

제6부 분계선(分界線)의 꽃

제7부 곡 없는 반가

제8부 시공(時空)을 되감으며

제1부

고향서정

촛불

스치는 실바람에도
아린 넋을 추슬러

한사코 어둠 내몰며
애태우신 우리 어머니

사위고
남은 심지(心地)엔
눈물만이 엉기었네.

내 고향 하동

한 폭 그림 다도해를
먼발치에 펼쳐 놓고

지리영산 고운 자락
병풍으로 둘러친 곳

여기는
내 고향 하동 토속 짙은 천년 고읍.

섬진강 은어 떼의
비늘에 봄이 실리면

꽃향기 바다 냄새가
너배이들에 어우러지고

고소성
산도라지도 수줍음을 피우느니.

고향 서정 (1)

하동 양보 예성 동구 밖
섬바우 들길을 가면

너를 닮아 오동통한
찔레순도 날 반기고

자운영 꽃잎마다엔
그 옛날이 어리더구나.

쑥을 캐며 행여 누가
눈치라도 챌세라

곁눈질로 미소 주고
시침 떼던 분홍댕기

풀빛에 물든 향수를
그도 잣고 있으려나.

고향 서정 (2)

눈 쌓인 들판을 질러
흘러가는 시냇물은

오늘도 소리치며
내 회심을 흠뻑 적시고

대궁만
남은 들국화 찬 하늘을 휘젓는다.

설핏한 석양을 이고
논두렁길 가는 여인

한 시린 빙설(氷雪)로 덮인
애옥살이 설운 사연

아는 듯
쑥부쟁이도 마른 울음 울고 있다.

고향 서정 (3)

— 수선화

어릴 적 소꿉동무들
어디로 다 떠나고

정적(靜寂)이 실비에 젖어
더욱 호젓한 마당가에

휘휘한
적막을 터는 한 떨기 수선화여.

사철 바람을 안고
뒤란에서 속삭이던

댓잎이 풀어 놓은
그 풋풋한 사연들을

끝끝내
삭히고 삭혀 승화한 흰 넋이여

고향 서정 (4)

지난날 돌이키며 휘둘러 사방을 본다.
옛 모습은 간 곳 없고 온전한 건 영상(映像)뿐이다.

냇물도 길을 바꾸고 앞동산도 허물어지고
당산거리 느티나무도 대처로 떠났는가.

마을 앞 저수지는 메워져 놀이터 되고
아낙들 정을 퍼 담던 우물터엔 경운기가.

동네방네 어디서도 인기척 하나 없어
적막이 가득 쌓인 빈집들을 기웃거릴 때
잎 떨린 감나무만이 담 너머로 손을 내민다.

고향 서정 (5)

문득 듣고 싶다
색미투리 발자국 소리

'하이고 이 문딩아
이게 뉘고 얼매만고'

달려와 덥석 끌안고
글썽이던 순아, 그 말

고향 서정 (6)

흙 묻은 호미 놓고
땀 밴 웃옷 벗어 두고

느티나무 그늘에서
오수(午睡)에 깊이 든 이

꿈에선
어느 영토에
맹주(盟主)로나 앉았을까.

고향 서정 (7)

— 새벽달

꽃이 피면 피나 보다
새가 울면 우나 보다

무심인 듯 초연인 듯
눈 길 한 번 안 주더니

웬일로
눈 쌓인 밤에 창안을 넘보는가.

고향 서정 (8)

참새 떼 재잘대는
동구 밖 들녘에는

승화한 땀방울들
금물결로 출렁이고

시름도
알알이 맺혀 노랗게 영글었다.

고향 서정 (9)

— 섬진강

싸리꽃잎 떠 흐르는
지리산 속 맑은 여울

태고한 그 숨결로
열어 놓은 하동포구

은어 떼
펄펄 뛰노는
물결마저 은빛이다.

고향 서정 (10)

하늘에 뜬구름이 천왕봉을 닮은 날은
동구 밖 넘나드는 내 마음 한 갈피에
은물결 반짝거리는 섬진강이 굽이친다.

내 유년의 굴렁쇠가 굴러간 자국마다
고스란히 묻힌 내력 헤일수록 더 애틋한
향사(鄕思)는 연자방아로 회억을 죄 대끼고

언덕 위에 아지랑이 스멀대는 들녘에서
제비처럼 재잘대며 뛰놀던 개구쟁이들
나이테 늘어난 모습 유성처럼 스치느니

그윽한 숲에 깃든 산새처럼 살리라며
리라꽃을 노래하면 그 가락에 장단 맞춰
워낭도 신작로 길을 딸랑딸랑 오가고

목격 1

칼날 보다 서슬 푸른 바람이 웅웅대는
스산한 골목에서 의지할 지주(支柱)도 없이
풍화한 영예를 안고 전봇대가 울고 있다.

밟고 선 잡초들이 몸서릴 치던 그날
권능(權能)줄에 향유하던 철새들은 지금 어디
허허한 빈터에 홀로 전봇대가 기울고 있다.

세진(勢盡)한 권세 같은 구름 흐르는 하늘 아래
와자한 새소리가 화살 되어 날고 있는
어두운 역사 속으로 전봇대가 기울고 있다.

목격 2

— B지구에서

차단된 복락(福樂)의 외곽
신림동 산 번지에

부스러진 소망들이
눈보라로 흩날리고

판잣집 루핑 지붕엔
어두움이 쌓인다.

선거철 공약처럼
흐려진 형광등 밑

일당 기천원에 앗긴
하루해가 코를 골고

서글픈 날품팔이 꿈
무겁게 짓눌린다.

목격 3

노을빛만 가득 담긴
공동수도의 물동이들

바램은 낡은 배관
누수처럼 새어 나가고

몇 날을 소문으로만
수도공사가 한창이다.

평지에 사는 꿈보다
한 방울 물이 아쉬운

수도꼭지엔 아직
쏟아질 기미 없고

애 타는 조바심 속에
물기둥만 일어선다.

목격 4

부서진 벽돌 조각 증언처럼 널린 비탈
통곡마저 허물어진 참담한 폐허에 남아
실의로 아픈 일상을 꽃피우는 저 봉선화.

상심의 골을 에도는 바람도 서러운 날
애릿한 진홍의 숨결 내연하는 잎새 끝에
무너진 하늘 한 쪽이 넋을 잃고 굴렀다.

이주할 곳 어디냐고 묻는 말이 귀찮은지
실어증 앓는 아낙은 안타까이 손만 흔들고
풀벌렌 몸을 숨긴 채 긴 여름을 울고 있다.

목격 5

버들강아지 새물 오르고
일 손 아쉬운 고비

붙박이 농투사니
하나 둘 떠나가고

황소는 할미꽃 곁에서
공허(空虛)를 되씹고 있다.

처마 끝에 대롱대롱
걸려 있는 씨오쟁이

서로 나눠 심고 가꿀
삼이웃은 기척 없고

무너진 흙담의 자리
잡초들이 일어선다.

목격 6

추수절(秋收節) 금빛 볏논을
트랙터가 뒤엎는다.

그 오기(傲氣)의 무쇠덩이가
짓뭉개는 이랑마다

낱낱이 묻히고 만다.
하! 천하지대본(天下之大本)

목격 7

신림동 산 번지에
엎드린 판자 집들

그 무슨 미련이 많아
찌든 남루 벗지 못하나

한밤 내 내리는 눈을
외투마냥 껴입고.

목격 10

시청 앞 광장에 넘치는
"양키 고홈" 소리 소리

그 거센 바람에 휩쓸려
촛불들이 흐늘댄다.

반도(半島)는 몸살을 앓아
쿨럭이며 비틀대고.

제2부

초록단상

당신은

자다가 일어앉아
다소곳이 손 모으고

애간장 다 태우며
눈물로 간원(懇願)한다.

한 가닥 연분의 끈을
틀어쥔 나의 보살.

하늘 땅 어디에도
의지할 곳 바이없어

시름시름 야윈 몰골
물끄러미 응시한다.

초초한 그 모습 흡사
이슬 젖은 연꽃 화신.

시조의 노래

주름진 흰옷의 삶 갈피갈피 배인 숨결
오롯이 머금은 채 천년을 이은 가락
그 소리 끝없이 울려 온 산하에 퍼져라.

수많은 사연들을 곱게 엮은 3장 6구
기쁨도 서러움도 마디마디 사려 담은
그 마음 그윽히 흘러 온 누리에 번져라.

임진강 갈꽃

마주 보고 눈 흘기는 이념의 철옹성을
실없이 허물면서 붉게 타는 노을 속에
갈대도 오금이 저려 온몸으로 술렁인다.

무시로 뒤흔드는 우레에 혼절해도
한 소망 놓지 못해 허리 굽은 세월 안고
백발을 휘휘 날리며 바람 끝을 헤아린다.

느티나무

수호신(守護神)의 기품(氣稟)이다
저 의연(依然)한 당상(堂上)나무

비바람 짓궂어도
의지는 꺾이지 않아

몇 세월 전설을 안고
동구(洞口)를 지켜 섰다.

작은 소망

눈 녹은 골짝마다
수잠 깬 실개천이

굽이굽이 휘돌아서
한바다로 치닫는다.

혼탁(混濁)을 가리지 않는
그 성정(性情)을 닮고파.

입춘 무렵

겨우내 맺힌 지심(地心)
시나브로 풀어지면

땅속 깊이 웅크리고
동면한 개구리들

봄소식 먼저 전하려 두 발 쭉쭉 뻗는다.

그믐밤 소고(小考)

마지막 남은 일력(日曆)
마저 뜯고 돌아볼 때

미련을 조소하듯
창틀이 덜컹댄다.

뉘우침 눈발이 되어
덧쌓이는 제야(除夜)에

초록 단상

한 무더기 날선 바람
휘돌아 간 이 터전에

인고(忍苦)의 보람으로
파릇이 돋는 풀빛

마침내 의지(意志)를 사를
초록불로 일어선다.

거센 시풍(時風)을 타고
번지는 불길 따라

새물 잣는 푸나무들
맥박(脈搏) 치는 아리아에

부풀어 망울진 마음
물씬 이는 삶의 향기.

병실에서

일월(日月)도 맥(脈)을 놓고 돌아누운 병상(病床)에서
비워도 차오르는 무상감(無常感)을 곱씹으며
허실(虛失)한 광음(光陰)에 찍힌 발자국을 돌아본다.

고해(苦海)에 떠 허덕인 삶 그 환몽(幻夢)의 자락 끝에
미련을 밀쳐둬도 돌아드는 아쉬움을
어르고 달래다 끝내 끌어안고 뒤척인다.

이룬 것 하나 없는 무능(無能)을 뉘우치며
심혼(心魂)을 추슬러도 눈물에 젖는 회정(懷情)
무위(無爲)로 번뇌(煩惱)를 씻고 반짝인다, 성하(星河)는.

하일점경(夏日點景) (1)

— 소나기

비를 밴 먹구름이
악물고 몸을 푼다.

산고(産苦)로 지른 신음
뇌성으로 쿵쾅대고

지천(地天)은 허둥거리다
어둠속에 빠진다.

하일점경(夏日點景) (2)

― 소나기 後景

소나기 한 대열(隊列)이
날뛰다 사라진다.

휘청대던 푸나무들
외려 더욱 생기(生氣) 돈다.

창공(蒼空)을 가벼이 들고
싱그럽게 서 있다.

은하(銀河)

산뜻한 초가을 밤
고요 짜는 속삭임이

귓전을 맴돌다가
속속들이 파고든다.

누굴까
내 밀의(密意) 낱낱
들춰서 톺는 이는

뭇 생각 쓸어안고
살랑대는 바람결에

묻어온 사연들로
성채(星彩)마다 현란하다

누군가 속엣 말 낱낱
허공에다 뿌린 이는.

나목

가진 것 죄다 털고
홀가분히 살고 있네.

혹독한 칼바람이
살갗을 스칠수록

상고대 눈부신 절경
황홀하게 펼치면서.

경칩 단상(驚蟄 斷想)

설한을 견딘 내성(耐性)
보란 듯이 앞세우고

치닫는 초록바람
산과 들을 다 누비며

철 잃고 눈만 비비는
풀꽃들을 재우친다.

청명절(淸明節)에

봄 아닌 봄이 와서
앓는 소리 왁자한 지상

국경마다 앞 다투어
빗장을 걸어놓고

숨어 든 역병(疫病) 퇴치에
생령(生靈)들이 법석인다.

숲길에서

구름 빛도 걸어가는 삼성산 오솔길에
적요(寂寥) 짜는 숲의 입김 몸에 감겨 살랑이고
산새들 속삭임 소리 풋풋하게 여운진다.

녹음 짙은 한 시절을 징검징검 건너와서
저무는 등마루에 내려 쌓인 가랑잎들
애달피 바스락대며 푸른 날을 되새기고.

발치애감(拔齒哀感)

시도 때도 없이
쑤시고 아린 치통(齒痛)

참고 또 참다 못내
깡그리 뽑았다만

서글픔 소롯이 남아
가슴 사뭇 에인다.

기로(岐路)에 서서

어쩌면 좋으냐, 정녕
이 막막한 천지간에.

성한 데 하나 없이
질풍(疾風)이 휩쓴 자리

잠복한 파국(破局)의 순간
치닫는 이 위기를.

석양의 별루(夕陽의 別淚)

별리(別離)의 아픔 앓는
영혼을 감싸 안고

돌아서서 찍어내는
동공(瞳孔)에 서린 눈물

그 모습 붉게 물들인
노을빛이 처연하다.

인연(因緣)의 고를 맺어
부풀었던 젊음의 영토(領土)

아쉬움이 한 잎 두 잎
덧쌓이는 산 비알에

갈바람 비련(悲戀)을 울어
산울림도 목이 멘다.

건망증 1

아뿔싸, 어쩜 좋아
그만 또 깜빡했네.

쓰레기 버리면서
함께 버린 줄 알았는데

뇌리에 그대로 남아
허탈하게 웃고 있네.

장미의 계절에

인천공항 북단 해안(北端 海岸) 길섶에 해당화 피면
꽃구경 가자던 그미 어디로 떠났을까
허공에 비행운(飛行雲) 한 금 정표(情表)로나 흘려놓고.

영혼(靈魂)을 달구어서 터뜨린 핏빛 열정(熱情)
손가락 걸지 않은 인연(因緣)의 울 밖에서
심중에 도사린 정화(情話) 붉게 타는 저녁놀

굉음(轟音)에 실려 와서 화들짝 웃는 영상(影像)
트랩을 내리는 모습 눈에 삼삼 감기는데
꽃잎에 이슬을 깔고 초승달이 나앉는다.

한강

― 여의도에서

유례없는 혹한을 입고 겨우내 맺힌 강심
우수, 경칩 다 지나면 도로 풀려 순류할까
여의도 언저리에서 두 갈래로 갈라진 흐름.

때 없이 둑을 넘을 듯 들끓는 욕망들이
굽이굽이 출렁거려도 역류 못할 저 강물은
끝없는 파문 안은 채 흘러 흘러만 가고.

갈앉아 못다 씻긴 오욕의 역사 위로
소용 도는 물살 따라 거품은 일고 저도
한 숨결 뜨거운 핏줄 영원을 누빌 한수(漢水)여.

홍수 이후

서 있어야 할 것들은
흙탕물에 쓸려가고

쓸려가야 할 것들이
무성하게 서 있는 지금

오늘 밤 기상예보는
믿어야 할지 말아야 할지,

6월에

미쓰 리가 쏘아대는
콩 볶듯 한 타자 소리에

6월 하루해가
포복으로 지나가고

세종로 허리춤에는
망각이 넘쳐흐른다.

무계(無計)

가뭄 속 황토밭처럼
먼지 이는 세월을 밟고

생각을 곱씹으며
먼 들녘을 응시하면

애환도 마디가 늘어
풀빛으로 짙어온다.

어느 인생

날마다 눈을 가리는
거친 연대의 바람 타고

불티같은 매무새로
하늘가를 맴돌다가

금이 간 바위 틈새에
잘못 앉은 민들레 씨.

풀섶에서

적막한 골 왼 밤을
울던 새도 자취 없고

암수(暗愁)로 겨운 별빛
어둠 쓸다 떠난 자리

끈끈한 생멸의 진국
풀섶 위에 눕는다.

섭리(攝理)로도 깨지 못할
황폐한 목숨의 귀로(歸路)

애증(愛憎)은 먼 산허리
실안개로 감돌다가

가녀린 꽃대로 옮아
이 우주가 흔들린다.

춘설(春雪)에 붙여

꽃 기약 등에 업고
산등성 넘어간 입춘(立春)

몸살 앓는 꽃샘바람
골골마다 풀어 놓으면

황사 낀 하늘 벌 돌려
허공을 메운 흰나비 떼.

지천으로 곤두치는
사념(思念)을 매만지다

털고 털어도 그리움은
낙목(落木) 끝의 아지랑이

내 가슴 울리는 가락
손이 시린 풀피리 가락.

변경(邊境)의 꽃

쓰러진 빗돌의 외침 회오리치는 변방 기슭
펄럭이는 철조망 둘레 하―얀 들장미는
산화한 젊음의 넋인가 흰 옷자락의 염원인가.

그 유월의 천둥 번개 기도로만 승화해도
안으로 맺힌 안타까움 응어리진 피멍울을
쑤꾸기 너만 뱉기냐, 암울한 저 역리의 땅에.

수풀 호젓한 오솔길 빤히 뵈는 능선 너머
한 점 망각이 머흐르는 하늘 어디쯤 금이 갔을까
꽃대에 감긴 난기류 묵시로 지우는 산하여.

어떤 자전거

컴컴한 지하실 한 켠
숨죽이고 앉은 변용(變容)

페달은 내려앉고
타이어는 짜부라지고

밑바닥 굴러온 뉘 삶의
앙증스런 주석(註釋)이거니.

단 한 바퀴도 제 뜻대로
못 굴러본 나의 분신(分身)

사면팔방 탄탄대로는
자식들이나 달리게 두고

은륜(銀輪)에 감긴 세월을
노을 속에 풀고 있다.

자갈치에서

갯내 비릿한 습지(濕地) 파닥이는 애환(哀歡)의 몸짓
뱀장어 빛 살갗에 기생(寄生)하는 인고(忍苦)의 비늘
칼자국 무수한 도마 위 짠바람이 희살 짓는다.

절박한 욕망의 날(刃)로 뼈 발기는 여인의 손
오싹 소름 끼치는 토막 난 어족(魚族)의 눈빛
살벌한 그 현실이 남긴 꾸겨진 지폐 몇 장.

어부는 어부 끼리 도부꾼은 도부꾼 끼리
불꽃 튀는 아귀다툼 사위(詐僞)는 사위(詐僞)를 길러
미소로 도색한 언어마저 섬쩍한 저 현장.

제3부

삶의 궤적

어느 일기장

고향도 성도 모르는
원아(院兒)의 일기장에는

멍 든 동심(童心)이
갈피마다 맺혀 있고

미완성 그림 한쪽엔
홀로 우니는 송아지가

병아리 무동 태우고
모이 쪼는 어미닭을

물끄러미 응시하는
동공(瞳孔)에 고인 눈물

그 눈물 번져간 자리
해바라기 피었다.

삶

언젠가는 지울 것 없는
무(無)를 향한 몸부림으로

숨 닳도록 가뭇없이
스쳐만 가는 모래톱을

누가 또
신 벗어 들고 등을 밀며 따르는가.

내가 잃은 나를 찾다
다시 놓친 이 하루도

섭리(攝理)의 등줄길 타고
빈 수레만 끌려가고

소롯이
남은 흔적 하나 손바닥의 피멍울.

빈 얼레

허공으로 추락한 연이
구름 덫에 걸려 있는

망향동산 젖은 풀밭에
연줄 없는 빈 얼레여

끊어진 혈육의 정을
되감을 날은 언젠가.

낙엽 지는 날

열루(熱淚)에 젖은 원죄(原罪)의 숲 철따라 낙엽이 지면
흩이는 잎 바삭이는 오솔길엔 선연한 너
더불어 못다 부른 노래를 개여울에 싣는다.

가슴과 가슴이 닳아 뜨거웠던 우리의 영토(領土)
다 못 사룬 아쉬움이 서리치는 등성이에
만 시름 다 풀어 놓고 비어만 가는 산과 들.

외로움이 미리내 되어 슬프도록 현란한 밤
인연 먼 어느 영창(影窓)에 애별리고(愛別離苦) 아픔을 새길
내 고혼(孤魂) 적막한 둘레 돌다 듣는 닭 울음.

과원(果園)에서

꽃말 모아 불 질러 놓고
단란(團欒)에 저물던 과원(果園)

숨 다할 요람인가
느낀 한때는 검불로 타고

인연을 비운 가지엔
실성(失性) 못한 바람이 운다.

원죄(原罪)를 앓아 눈 먼 세월
머물다 간 이 언덕에

네 순정 하―얀 들국화
추명(秋明)을 트는 아침이면

하나 둘 낙엽을 흩듯
쓰린 번뇌도 지우고 싶다.

밤 귀뚜리

속삭이듯 문틈으로
스며드는 귀뚜리 가락

자정(子正)의 달빛을 밟고
다시 듣는 그대 목청에

내 영혼
반딧불 켜고
먼 유역(流域)을 넘나든다.

만상(萬狀)이 잠든 지상(地上)에
홀로 깨어 설레는 고독(孤獨)

애석한 연분(緣分)의 태(胎)
무명실로 잣아 올려

한밤 내
회억(回憶)의 조각보
시치다 뜯다 지운다.

초동(初冬)의 장(章)

마지막 남은 잎새를
찬비 속에 날려 보내고

겨울의 문턱에서
비명(悲鳴)에 목 쉰 나무

전신(全身)을
조이는 서릿바람
어쩔 수가 없더냐.

심안(心眼)의 장(章)

참으로 놀라운 일
알다가도 모를 섭리(攝理)

장미덩굴엔 장미꽃이
으능나무엔 은행 알이

불신(不信)이
무성한 천지간
청맹과니 눈 뜬 날에.

색안경

푸른 색 안경을 쓰면
푸른 꽃만 피어 있고

보랏빛 안경을 쓰면
보라 꽃만 피어 있다.

꽃들은
색안경을 벗어야
제 빛깔을 보인다.

산곡(山谷)에서

갈수록 멀어만 뵈는
가시덤불 엉클린 영봉(靈峰)

울고 스쳐간 삭풍에
찔레 꺾던 시절도 지고

목발도
나침반도 없이
계곡에 버려진 능소니*여.

믿음이며 정의며 또한
사랑마저 떠나버린 땅

네 가슴 그 가장자리
선혈은 끓어 포효해도

막아 선
절벽을 치고
목이 잠긴 메아리여.

* 능소니 : 새끼 곰

환상(幻想)

내 죽어서 다시
환생할 목숨이라면

밤(夜)을 갉아 생애(生涯)하는
새앙쥐나 될까보다.

만 가슴
덮어 누르는
어둠 몽땅 갉아 먹는.

선풍기 곁에서

찢긴 햇살 한 오리 새어 들 창도 없는
열기 찬 한증탕이듯 숨 막히는 나의 방에
피곤한 생의 바람개비 신명 얻은 목숨이여.

몇 겹을 돌고 돌아도 못 벗을 전생의 죄업
마흔 고개 숲과 늪길 지열 겨운 생성의 구렁
내 영혼 불타는 벌집에 굿을 치는 회오리여.

갯내 묻어 있을 파도소린 아득하고
끈끈한 등골 가득 땀 여울만 넘친다면
차라리 너마저 버리고 숲으로나 갈까 보다.

모시적삼

중복(中伏) 날 입고 나선
세모시 고의적삼

어머님 애한이 얽혀
더욱 까슬한 그 촉감(觸感)에

올올이
수런거리며
내 유년(幼年)이 일어선다.

애옥살이 고달픔을
숙업(宿業)이듯 섬긴 지성(至誠)

밤이면 모깃불 피워
멍석만한 시름 재우고

삼태성(三台星)
기운 자락에
애고(哀苦)의 실 푸시더니.

강우기(降雨期)

폭염을 씻어 내리고
낮을 흥건히 적신 소낙비

풀, 나무는 청초한
새 옷을 입었어도

우리네
오장(五臟)엔 켜로 앉은
먼지가 남아 있다.

서로가
서로를 버리면
허우대만 휘저을 땅.

천둥 치는 빗줄기에도
유들대는 세상일들

못 믿을
우수(憂愁)의 창밖
시고 떫은 바람만 분다.

모정(母情)

인고(忍苦)의 꽃 피운 백발(白髮)
삼열(森列)한 잡목림에

때 없이 부는 바람
다함없는 사랑이듯

끝끝내
애한(哀恨)을 사루어
속삭이는 밀어(密語)여.

비바람 다독이고
서릿발도 홀로 삭여

무량한 녹엽(綠葉) 속에
편편 열원(片片 熱願) 열매로 익는

한 생애
인종(忍從)의 보람
영원을 커 든 꽃 등불.

나의 수레는

내 진작 이 길 버리고
다른 길 걸었다면

오늘은 무슨 바람이
옷자락을 흔들건가

봄여름
덧없이 가고
이미 가을도 저무는데.

구름 없는 한낮에도
그늘 짙은 생활의 골목

하마 반은 부서져
덜컹대는 나의 수레는

어디메
귀착지(歸着地)를 두고
짐 부릴 줄 모르는가.

광장의 노인(廣場의 老人)

해질 무렵 여의도 광장
연등행렬 속 하얀 머리칼

먼 기슭에 진 꽃 시절의
맥을 짚듯 야윈 지팡이

휘어진
그림자 이끌고 황사(黃砂)강을 건넌다.

백암온천에서

수치심도 권위도 벗고
생긴 대로 들낸 사람들

끝내 백암(白岩)일 수 없는
육신을 닦고 있다.

씻고 또
헹구는 살갗엔 거품만이 일고 진다.

해바라기

무슨 가락을 읊으면
너의 목이 돌아서랴

염천(炎天)이랑 천둥도 삭혀
비켜 선 겨울 앞에

안으로 웃어 누르는
면벽(面壁)보다 아픈 사랑.

예감(豫感)

쨍쨍 산까치 운다.
새물 오르는 솔숲에서

삼성산 만년약수
그 시원한 물맛 같은

희소식
한 배낭 지고
반가운 뉘 오려나 보다.

솔

시리다 못 아린 발등
낙엽으로 덮고 선 채

오대산 으슥한 골짝
정막(靜寞)을 터는 조선소나무

이마에
무서리 앉혀
고절 더욱 푸르구나.

아스라한 벼랑 끝
안개 몇 켜 걷어내고

갈등이 무성한 숲
먼발치로 굽어보며

착란(錯亂)한
바람을 안고
잔기침만 토하누나.

산정(山情)

명주 평창을 양팔에 끼고
천공에 앉은 저 산봉

어찌 보면 우리 아버님
살아생전 모습이네.

흙땀에 저린 무잠방
분복이라 섬기시던.

사모곡(思母曲)

밤송이 가을을 벌고 억새꽃 하—얀 기슭
푸른 솔 둘러 세우고 길이 잠 든 우리 엄마
어이해 너희들 왔냐 말 한마디 없으신가요.

해마다 벌초 때면 어머님도 오셨지요.
흩어져 살던 혈육 모두 와서 반기는데
하늘 땅 다 둘러 봐도 어머님만 안계시네요.

열일곱에 시집와서 여덟 남매 낳고 거두신
일흔 아홉 한 생애가 너무나 아쉬워서
청산 숲 저 풀꾹새*도 피를 끓이며 우니는가.

삼 줄보다 질긴 가난 숙명이듯 받아 안고
오지랖에 묻은 애환 남모르게 문지르며
서러운 인고의 아픔 홀로 삭인 울어머니.

모진 애곤 이고 지고 보릿고개 넘던 시절
하늘 빛 구름 그림자 어룽지는 죽이라도
끼니 때 거르지 않고 끓였으면 하시더니.

한 시린 삶을 톺아 눈물 먹여 사린 세월
올올이 맺힌 아픔 맵짠 시름의 고를 풀어
험한 길 헤쳐 온 정성 뼛속 깊이 사무칩니다.

미련한 청개구리 어리석은 이 자식은
어머니만은 오래오래 생존하실 줄 알았어요.
홀연히 떠나시다니 이 회한을 어쩌리까.

* 풀꾹새: 뻐꾹새의 경상도 방언

상사리

어린 저의 손을 잡고
고갯마루 넘으시며

예사 듣고 잊지 말라
이르시던 사람의 길

따르려
안간힘 써도
숲이 너무 짙사옵니다.

항심을 버리지 말고
스스로를 다스려라

새삼 그 말씀의 참뜻
여물 씹듯 되새기는

오늘은
아버님 생각
너무나 겹사옵니다.

청개구리

풀숲에 숨어 울다가
젖은 눈을 닦고 닦아도

넓높고 푸른 하늘
차마 볼 수가 없어

심장만
벌떡거린다.
때늦은 뉘우침으로.

망각(忘却)의 틈을 헤집고
울컥 솟는 사무침이

익모초 즙 세월을 질러
봇물로 넘치는 날은

하늘도
얼굴을 가리고
뇌성(雷聲)으로 통곡한다.

실안개 추상(追想)

먼 등성에 걸터앉은
석양빛은 설핏하고

깊은 골 짙은 숲 사이
치솟는 한줄기 연기

지금도
그 가마솥 아궁엔
생솔이 타고 있나봐.

고향 눈

젊은 날 떠난 고향
이순(耳順) 넘어 돌아온 밤

이슥토록 옛 생각
더듬고 매만지며

무너진
시공(時空)을 메우듯
소리 없이 내리는 눈.

홀로 별

나목(裸木)들은 어깨 위에
쌓인 눈을 투욱 툭 털고

외딴집 어린 멍멍이
이따금 적막을 깨고

차가운
폐가 처마 끝
깜박이는 호올로 별.

서천(西天) 달

새벽닭 홰를 쳐도
잠 못 이루는 대숲바람

멀리 두고 그리던 산천
시들프기 타관(他關)만 같아

조각진
마음 싸안고
홀로 설령(雪嶺)을 넘는다.

제4부

길을 걷다가

설날 아침에

먹기와 빛 어둠을 헐고
밝아오는 삶의 기슭

갈기 세우고 치달으며
비틀거리는 연륜 앞에

또 하나
소망을 안고
몸을 가눠 서 본다.

친구를 만나고

사당동 사거리에서 모처럼 만난 친구들
손을 잡고 서로가 근황을 주고받을 때
아슬한 시공(時空) 밖에는 눈이 내리고 있었다.

기억의 창을 열면 쌓여 있는 삼십년 교분(交分)
해와 달 오가는 길엔 신호등이 없는 탓일까
신록(新綠)을 등진 귀 밑은 노을물이 들어 있었다.

불신의 바람이 거센 이 냉혹한 천지간에
우정의 옹달샘은 풍설에도 얼지 않아
촉촉이 가슴을 열고 정에 흠씬 젖어 있었다.

동창회 점경(點景)

안개 서린 노량포구에 늙은 애들 모인 그날
아득히 잊고 살았던 반백 년 전 그 시절이
검푸른 파도를 타고 연락선처럼 다가 왔다.

더러는 낯이 설어 흐린 기억 되살리며
네가 정말 아무개냐? 묻고 또 되묻다가
서로가 마주 놀라며 반겨 얼싸 안았다.

한려수도 유람선에 몸을 싣고 출렁이며
들썩이는 음악에 맞춰 어우러진 어깨춤에
활짝 핀 웃음꽃 따라 갈매기도 끼룩끼룩.

책 보따리 등에 메고 짚신 벗어 손에 들고
논두렁 길 맨발로 뛰던 단발머리 개구쟁이들
머리엔 배꽃이 피어도 짓은 마냥 초등생이다.

저문 날의 단상(斷想)

세월이 쏜살이라면
나는 필시 궁인(弓人)이련만

활시위 끝에 파닥이다
비켜 간 생애를 밟고

외로 선
과녁 언저리
쌓이는 무위(無爲), 무위(無爲)여.

전언(傳言)

친구여
제주에 가면
일러 둘 말이 있네

한라산에
오를 생각은
아예 두고 가게나

영육(靈肉)에
죄 묻은 이는
등정(登頂)을 불허 한다네.

그 사람은 (1)

무료함이 골에 차서
마음 둘 곳 없는 날은

창밖이나 응시타가
담배에 불을 댕긴다.

날리는
눈발만 봐도
까닭 없이 허전해서

그 사람은 (2)

훌쩍 어디론가
떠나보자 벼르다가

밤 열차를 타고서는
기적소리에 목이 메었다.

캄캄한
터널 안처럼
앞 길 너무 막막해서

그 사람은 (3)

어깨를 투욱 치며
반기는 벗 만난 저녁

소주 한 잔 하자는 걸
시간 없다 핑계 대고

싸락눈
내리는 거리를
하염없이 걸었다.

그 사람은 (4)

잠시 정박(碇泊)했을 뿐
닻을 완전 내린 건 아님

앞만 보고 항해(航海)타가
극심한 풍랑을 만남

펼쳐진
바다는 지금
해무(海霧)에 잠겨 있음.

미친 파도는 거품을 물고
삶의 벼랑을 계속 치받음

떠밀리고 헐뜯겨도
꿈은 절대로 포기 못함

찢어진
어망을 깁고
흐린 등피를 닦기로 함.

지하도를 지나며

신문을 깔고 앉아
몸을 잔뜩 웅크린 채

관심 밖으로 밀려난
단군의 후손들이

그 정황
전시품인양
지하도를 메우고 있다.

암울한 역사를 지고
묵묵히 걸어 온 목숨

폐자재처럼 버려져도
조국의 품이라서

터트릴
분노도 없는가
눈이 희멀건 그대들은.

길을 가다가 (1)

한 삼동 지하도 계단
손 벌리고 수그린 어멈

휘모는 눈바람에
모정마저 앗겼을까.

차디 찬
시멘 바닥에
저 어린 걸 뉘어 놓다니.

자장가로 들리느냐
무심한 발자국 소리

누더기 강보(襁褓)에 싸여
잠결 방싯 웃는 아가야.

네 꿈속
어느 먼 이역(異域)엔
민들레가 피었더냐.

길을 가다가 (2)

산그늘 길게 드리운
벌판 끝을 걸어가다

돌아본 발자국엔
덧없음만 그득하다.

늦가을
등성에 타는
노을빛은 애잔하고

길섶에 외로 수굿이
고개 숙인 들국화 너도

눈 밖 앤생이*로
긴 여름을 건너와서

하늘 뜻
헤아리느냐
설핏한 잔양(殘陽)을 보며.

* 앤생이 : 몸이 약한 사람, 또는 보잘것없는 물건을 얕잡아 이르는 말

재두루미

목 늘여 환상(幻想)을 좇다
뜬구름에 혼(魂)을 앗겨

허공(虛空)으로 펼친 나래
푸른 한 철을 퍼덕이다

갈대꽃
하얗게 지는
강 언덕에 앉은 어옹(漁翁).

회감(悔感)

눈물 말라 팍팍한
잿빛벽돌 지붕 밑 말고

어느 깊숙한 산골
천연동굴에라도 들어

철따라
산과(山果)나 따먹는
능소니*로나 태어날 걸.

* 능소니 : 아기 곰, 곰의 새끼

해변에서

먼 바다 해무 속에
뱃고동은 창망(滄茫)을 울고

파도는 삶의 기슭을
간단없이 허물고 있다.

내 영혼
외로운 섬엔
땅거미가 내리고.

물새들이 남기고 간
생존의 발자국을

흔적 없이 지워버린
밀물 썰물은 묻고 있다.

머물다
떠난 그 자리
남은 것이 무어냐고.

바닷가에서

어둠 짙은 밤바다에 지향 잃은 쪽배이듯
나울치는 죄업(罪業) 속을 해와 달은 표류해도
내 영혼 시린 퐂대 끝 염(念) 하나의 돛을 단다.

만파로 이는 번뇌 철썩이는 수천(水天) 너머
절해에 뜬 고도처럼 늘 외로운 가슴 깊이
은밀히 열병을 앓으며 한 생 노를 젓는다.

갈망은 푸른 파도 이승 녘을 허물어도
진주 빛 꿈 한 톨 빚어 바위에 굳힌 마음
영욕(榮辱) 그 해심(海心)을 향해 황홀한 그물을 친다.

선유도 편상(仙遊島 片想)

— 아내에게

우리도 신선이 되어
여기 평생을 노닐까나

평사낙안 장자어화(平沙落雁 壯子漁火)
그 장관(壯觀)에 홀려도 보며

당신은
조개나 캐고
나는 낚대나 드리우고

신필(神筆)로 친 한 폭 명화(名畵)
선유도(仙遊島)는 세외천지(世外天地)

무녀(巫女)가 다리를 뻗어
양안(兩岸)에 걸친 연륙교(連陸橋) 너머

춤추는
객선 오가듯
남은 날을 누빌까나.

조약돌

부대끼며 떠밀리며
낮은 데로만 굴러가다

황혼 깃든 냇가에 앉아
땅을 치는 한 개 조약돌

산그늘
이마에 걸려
강물을 역류 못하네.

물빛 연정(戀情)

모래알이 승화해
진주되는 꿈을 안고

석양에 물든 수천(水天)을
짝지어 나는 갈매기

설레임
끝이 없어라.
출렁이는 밀물 썰물.

사랑은 황홀한 죄악(罪惡)
끄지 못할 번뇌의 불씨

활활 사루고 싶은
소심(素心)의 타래실 풀어

점점이
금슬(琴瑟)을 수놓네.
어여쁜 나래 짓으로

강변서정(江邊抒情) (1)

추청(秋晴)이 잠긴 강물은
일렁이는 회오(悔悟)의 거울

문득 잊은 일들이
금 비늘로 퍼덕인다.

불혹(不惑)을
세운 노을 가
사유(思惟) 한 잎 돛을 달고.

꽃방석 짜던 그 오뇌(懊惱)
부침(浮沈)하는 강심(江心) 위로

물새 한두 마리
아슴아슴 점으로 날고

한 순간
피안(彼岸)은 그만
어둠이다 빛이다가.

강변서정(江邊抒情) (2)

뉘 보내온 정표(情表)인가
낙조 드리운 추경도(秋景圖)

비울 것 다 비워버린
가슴으로 받아든 날

원죄(原罪)로
남루한 혼을
헹구고 싶은 저 강물 빛.

못 헤일 조약돌은
너랑 함께 떨군 정화(情話)

무늬 고운 만 갈래 상사(相思)
끝내 홀로 매만지는

유수(流水)도
목 메이는가
갈잎에 눕는 일모(日暮)

강변서정(江邊抒情) (3)

홀로 강변을 거닌다.
어스름 짙어오면

풀숲을 서성이다 반짝
반기는 개똥벌레

뜨거운
포옹 보다 황홀한
그 눈빛에 취하고파.

사모(思慕)로 겨운 번뇌
은물결에 흘려 두고

넉넉한 강심(江心)에 안겨
꿈꾸는 산 그림자

맺힌 정
굽이굽이 펼치는
그 속삭임 듣고파.

강변서정(江邊抒情) (4)

강물은 붙잡지 못해
끊임없이 밤낮을 울고

바람은 머물 수 없어
스치며 파문만 짓네.

계절도
맺혔던 지심(地心)을 풀고
꽃피우는 이 봄날.

강변서정(江邊抒情) (5)

우—우 바람이 분다.
펄—펄 눈이 내린다.

쌓이는 눈발 속에
만상이 다 묻힌다.

네가 간
그 강 언덕에
외로움 하나 세워 두고.

강변서정(江邊抒情) (6)

노을 잠긴 물기슭을
홀로이 나는 물새

원죄 묻은 부리 끝에
외로움이 매달리면

까르륵
외마디 절규(絶叫)로
그 아픔을 삭인다.

강변서정(江邊抒情) (7)

갈대는 되새긴다.
스쳐간 바람의 말을

무서리 발등을 덮는
늦가을 물가에서

호젓이
석양(夕陽)을 안고
운명(運命)을 추스르며.

애가(哀歌)

옛 동산에 봄빛이 실려 소쩍새 고독을 울면
한스런 세월 한 켠 숨겨 둔 사연 하나
죄 없는 찔레순만 꺾던 너를 겹쳐 떠오른다.

사무침은 능개비 되어 이승 녘을 다 적시고
웃자란 네 생각이 상사화로 피는 이 밤
내 심중 허전한 골엔 눈이 오고 바람이 분다.

한숨 배인 베갯머리 연연히 도사린 정
크렁한 별빛 멍울 한 마디 속엣 말은
끝끝내 전할 길 없어 눈만 남아 깜박인다.

처녀상(處女像)

오늘도 말없이 섰네.
여송정(餘松亭) 난간 아래

애틋한 사랑의 전설
영겁(永劫)으로 흘려 놓고

절절히
아픔을 사루는
아우라지 애달픈 처녀.

여정(餘情)

그대 떠난 포구에도
갈매기는 날고 있다.

더불어 앉은 갯바위
그 은밀한 속삭임

어둑한
갯가에 서서
하염없이 듣는다.

벼랑을 치며 우는
파도에 마음 실리면

표류한 시간을 끌고
출렁출렁 떠오는 얼굴

내 영혼
허허한 개펄에
금 하나를 긋고 간다.

기다림

무슨 일 있는 걸까
몸이라도 아픈 걸까

밤마다 창을 열고
별을 헤며 기다려도

바람만
서성이다가
옷자락을 흔들고 가네.

동화(同化)

뜨거운 눈짓 한 번
주고받은 일 없이도

연초록 바람을 타면
나비되어 허공을 날고

살포시
풀숲에 들면
속절없이 꽃잎이 된다.

회신(回信)

해묵은 엽신(葉信) 구절
풀물 든 사연 안고

남 몰래 행간(行間)에 앉아
이슬 머금은 들찔레는

아직도
듣지 못했나,
야간열차의 기적소리.

눈이 내리면

모락모락 김 오르는
찻잔을 앞에 놓고

허름한 색소폰을
목쉬도록 불고 싶다

내 마음 절해고도에
흰나비 떼 분분한 밤은.

경칩에

김 서린 창을 닦고
앞산을 둘러본다.

겨우내 얼어 살던
가지엔 생기가 돌고

산머리
넘는 구름도
비를 뿌리고 지나간다.

제5부

요즘의 닭은

퇴직 이후

못 벗을 숙명인가
몸에 밴 이 습성은

늦잠 깬 오늘 아침도
서둘러 집을 나서다

돌아 든
가슴을 치는
푸른 날의 밀물 썰물

출근길 차량행렬은
숨이 닳아 헐떡이고

내 마음에 경적을
울리고 간 바람은

생멸(生滅) 그
길섶에 피는
시름을 달래인다.

거울을 보며

세수를 하다 말고
거울 속을 응시한다.

낯선 사나이가
나와 마주 서 있다.

얼굴은
주름살투성이
모발(毛髮) 또한 희끗하다.

어디서 무엇을 하다
저런 몰골이 되었는지

물어도 아무 말 없이
입술만 달싹이다.

크렁히
동공에 고이는
무상감을 씻고 있다.

눈길에서

마음 대일 곳 없어
무작정 홀로 간다.

종일 내린 눈이
수북한 오솔길을

삼라도
몸살을 앓아
뒤척이는 한 밤에.

적설에 달빛이 스며
더욱 시린 산자락에

버거운 잎 다 지우고
손을 터는 나목처럼

나 또한
오뇌를 벗고
홀가분히 서고 싶다.

탐석기(探石記)

흙 묻은 신발 털고
탐석(探石)길 되짚어 본다.

노역(勞役)의 보람도 없이
흘러만 가는 강기슭에

뉘 반생(半生)
복제된 돌 하나
몸을 고쳐 앉았다.

와석리 소묘(臥石里 素描)

산 첩첩 후미진 골에
솔바람 석양을 불고

유랑 길 아득히 접어
삿갓으로 앉은 변용(變容)

피맺힌
그 사연들이
풀꽃으로 피어 있다.

가진 수모 울분 설움을
익살로 풀어내어

풀숲 짙은 골골마다
풍자하는 님 모습이

목메어
영겁을 우는
살여울에 어려 있다.

* 김삿갓 묘역에서

오봉산 자락에서

나 여기 머물고 싶네. 숲에 사는 바람 더불어
짝을 부르는 산새 신록을 탄주(彈奏)하면
그 여운 은구슬 치는 오봉산 호젓한 골에.

의지(意志)마저 빛바래어 부끄러운 목숨의 허울
쌓일수록 숨 가쁜 세월 잠시나마 소롯이 잊고
청평사 범종소리에 멍든 영혼 씻어도 보며.

영지(影池)에 비친 자화상 굽어보는 부용봉(芙蓉峰)에
태고한 숨결을 잣는 한 그루 나무로 서서
먼발치 운해(雲海)를 뚫고 치솟는 해 안아도 보며.

설생도(雪生道)

저무는 남한산성에
섬섬(閃閃) 내리는 눈발

만해기념관(卍海紀念館) 섬돌에 앉아
혼신(魂神)을 사르며

죽어서
영원을 사는
목숨의 길을 설(說)한다.

닮은 꼴

여린 가지 끝에
간신히 달린 까치밥

언제 떨어질지 몰라
마음이 죄이는데

늦가을
서릿바람은
근간(根幹)마저 뒤흔든다.

야윈 꼭지만 남아
간들거리는 모습이

자칫 꺾일 것만 같아
정신이 아찔한 순간

불현듯
가장의 권위도
저 같음을 생각는다.

끽다송(喫茶頌)

긴긴 무료(無聊) 녹아내리는
야반(夜半)의 작설차(雀舌茶) 한 잔

솔바람 솔솔 이는
다발(茶鉢)엔 번뇌(煩惱)가 녹고

한줄기
다향(茶香)은 저만치
선계(仙界)를 열고 있다.

할매섬 할배섬

잔잔한 해조음이
찰싹이는 그 해율(海律)에

눈물어린 사연들을
전설로 실어 놓고

소롯이
승화(昇華)한 사랑
섬이 되어 마주 섰네.

이승에 못 다한 정
노을로 활활 사루고

시퍼렇게 멍 진 아픔
밀물 썰물로 씻으면서

살뜰히
영겁(永劫)을 누리네.
애련(哀戀)의 표상(表象)이 되어

바위 2

세속(世俗)을 등지고 앉아
기도하는 선승(禪僧)인가.

배반(背反)의 비바람에
금 간 상흔(傷痕) 깊어만 가는

영육(靈肉)에
겹쌓인 죄고(罪苦)
풍화(風化)할 그날을 위해

한촌 소묘(閑村 素描)

인적 드문 골목길엔
봉숭아꽃 반쯤 벌고

대문간 멍멍이는
눈을 슬며시 떴다 감고

수탉은
지붕에 올라
살구 빛 시를 읊는다.

송하(松下) 이미지

헤쳐 온 삶의 가시밭
먼발치에 밀쳐 두고

고고한 기품으로
푸른 초원을 거닐다가

고요히
정토(淨土)를 베고
긴 휴면(休眠)에 든 사슴.

봄은 와도

얼음 풀린 산하(山河) 가득
화사한 꽃이 피어도

그대 떠난 이원(梨苑)에는
서글픈 바람만 불고

은은한
사향(麝香)에 취한
가지들만 흔들린다.

백매(白梅)

겹쌓이는 외로움을
창 너머로 흩뿌리고

부시도록 하얀 사유
고이 여며 호젓한 자태

회억에
잠찬 한풍만
꽃잎들을 매만진다.

봄이 오는 길목에서

찬바람은 기를 쓰며 늦추위를 풀어 놓고
아직도 먼 데 산은 잔설을 이고 앉았는데
어느새 가지 끝에는 움이 부풀어 도톰하다.

머리 내미는 새싹들로 굳은 지심이 들썩이고
응달진 골짝에도 뜨거운 숨결이 돌아
돌돌돌 산 여울 물소리 느낌으로 듣는다.

때로는 잊고 살아 죄스러운 마음 벌에
한 두 송이 눈발만 날려도 추모의 정이 사무쳐서
겨우내 타관을 돌아와 선영에도 드는 입춘.

은혜로운 선대의 유업 현란한 이 고토에
음덕은 사랑을 지펴 잎잎마다 꽃을 피우고
꾀꼬리 가락도 넘칠 봄은 이미 오고 있다.

휴전선의 복수초(福壽草)

시린 땅에 약속을 묻고
눈 쌓인 산야를 넘다

1·4 후퇴로 꺾인 꽃대
목비(木碑)로 선 철조망 둘레

별리 그
아픔 감추고
노랗게 웃는 애련의 꽃.

밤의 회상

송화 가루 골을 메운
유년의 산밭 머리

송기 벗기는 낫질 소리에
봄도 지쳐 비실댄다.

옛 기억
마디마디엔
퉁소구멍이 뚫리고

뒤척이며 돌아눕는
자정을 다독이며

손가락 떼고 붙여
막 트이는 가락마다

내 모습
천만 영상이
모였다간 흩어진다.

상황(狀況)

황소 머물다가
배설하고 돌아선 자리

쇠똥구리 말똥구리가
좌우로 편을 갈라

한 덩이
분구(糞球)를 두고
서로 엉겨 물고 뜯는다.

요즘의 닭은

아예 울지 않는다.
홰도 치지 않는다.

소명(召命)을 저버린 듯
두 눈을 끔벅이며

어디서
으르렁대는
개소리만 듣고 있다.

꿈마저 어수선한
지상(地上)은 안개의 덫

첩첩 어둠 걷어내던
그 습성(習性)도 거부한 듯

끝끝내
외치지 않는다,
새벽을 여읜 닭은.

허준 생각

시병(時病)을 고칠 비책(秘策)은
필시 있을 법 한데

효험이 신통하다는
약 소문만 무성하다.

지구는
중증(重症)을 앓아
갈수록 비틀거리고

귀암(龜巖)*이 쓰던 약통에
잊고 둔 고약 있다면

신 벗어 들고 달려가
송두리째 빌어 와서

곪아 곧
터질 것만 같은
세환부(世患部)에 붙이고 싶다.

* 귀암(龜巖) : 허준의 아호

눈 내리는 밤에

밤 새 눈이 내리고
심상찮은 바람이 불고

마침내 빙벽을 치는
설해목(雪害木) 비명소리

그 어느
비탈에 선 거목이
힘을 잃고 쓰러지는가.

한사코 골을 울리는
냉혹한 기류의 톱날

순리마저 베어 넘기는
이 참담한 형벌의 땅에

어드메
그 뿌리 내리지 않은
나무들이 서 있는가.

이변(異變)

분명 무슨 까닭
있기는 있나 보다

얼결에 한 번쯤은
서녘에서 올 법도 한데

태양은
오늘도 역시
동녘에서 걸어 나온다.

밝음 뒤에 남는 어둠
아는지 모르는지

섭리(攝理)를 앞세울 뿐
향(向)을 바꿀 기미는 없고

음습지(陰濕地)
풀잎에 이는
바람만 아우성친다.

소나기

억수로 몰려온다.
미친 휘갱이* 군단

땅덩이 갈아 뭉개고
하늘 찢어 놓을 듯

천둥은
질나팔 불고
불칼은 춤을 추며.

* 휘갱이 : 훼방(毁謗)의 경상도 사투리

우후증(雨後症) (1)

몇 날밤을 욱대기던
홍수 물러난 자리

폭삭 허물어지고
송두리째 휩쓸려가고

남은 건
온갖 쓰레기
강산은 폐를 않는다.

우후증(雨後症) (2)

신림동 저지대에
무허가 둥지를 짓고

공사판을 떠돌다 온
실업자 굴뚝새는

유실된
보금자리에 앉아
부리로 허무를 쫀다.

낙엽고(落葉考)

스치는 실바람에도
잡목들은 수런거린다.

뜬구름 거머쥐려
허공을 휘저으며

저마다
행색이 다른
명분으로 치장한다.

어느 날 무서리 온단
소문만 떠돌아도

눈치 빠른 잎새들은
황갈색 변장을 하고

우우우
비명을 떨구며
사방으로 흩어진다.

관악 단풍을 보며

빽빽이 산비알을 관객마냥 메운 나무들
철새 떼 어지러이 나는 여의도를 바라보다
변해야 산다는 말에 옷깃마다 물들었나.

뒤틀리는 잎새 끝에 단골로 이는 안개
먼발치 한수(漢水)에 놀던 숭어는 자취 없고
잡어들 설치는 등살 견디다 못해 피멍 졌나.

침묵을 깔고 앉아 신음하는 바위틈에
뿌리를 내리고서 지친 육신을 추슬러도
철되면 도지는 시병 그 화열(火熱)에 데었나.

전철에서

지팡이는 통로에 서서
휘어진 몸을 가누고

앞자리엔 가위다리로
눈을 감고 앉은 청바지

양속(良俗)은 설 자리도 없어
밀려났네. 먼 옛날로.

인정은 습기를 잃고
미풍(美風)마저 사라진 토양

뿌리 없는 '코메리칸'
짙어가는 불감증을

방관할 염치도 없어
비비댔네, 시린 눈을.

뉴스 유감(有感)

신문 방송이 빚어내는
치유 못할 어지럼증

그 지악한 병이 깊어
지구는 돌고 있지만

차라리
두 귀를 막고
청맹(靑盲)으로 살고 싶다.

제6부

분계선(分界線)의 꽃

분재원(盆栽園)에서

누군가, 노수거목(老樹巨木)을 주리 틀고 자르는 이는
배리(背理)의 모진 광풍이 삭신을 꺾는다 해도
원죄로 천품(天稟)을 받든 저 청절한 백송(白松)을.

비틀리고 휘어질수록 옹골차게 굳어만 가는
그 의지 내뻗을 지심(地心) 꿈결에 밟아도 보며
짙푸를 그날을 위해 쓰라림도 견디는 것을.

산새소리 골물소리 들릴 듯한 자연경관
단아한 운치만은 눈빛들을 끌고 있지만
뉘 알리, 비켜서 나는 단정학(丹頂鶴) 품은 뜻을.

제방(堤防)에서

한바다 물길을 막아
중중 앓는 갯벌에서

살판난 도요새 떼
분별없이 폴락거리고

조개는
혀를 깨문다.
운명을 가늠하며.

2월 창밖에선

찬바람이 살을 후벼도 산은 짐짓 의연히 앉아
시린 발등 아린 정수리 쌓인 눈을 털어내며
올 봄도 풀꽃을 피울 잔치준비 서둘고 있다.

이 저골 후미진 비알 술렁이는 싸한 울림
한 시절 응달에서 몸살 앓던 잡초들도
신열(身熱)로 동토(凍土)를 녹이며 새 물옷을 챙기고 있다.

한바탕 광대놀음을 예비한 흰나비 떼
고목림 하늘을 가린 세기(世紀)의 능선에서
마지막 혼돈의 춤으로 지친 시간을 허물고 있다.

분계선(分界線)의 꽃

못 잊을 혈육 그리다
선혈 빛 물이 들었네.

임진강 외진 기슭에
갈망을 피운 한 떨기 꽃

멍울진
역리(逆理)의 아픔
참아도 터지는 슬픔.

분계선엔 초병처럼
접근금지 푯말이 서고

산하는 분단을 앓아도
계절은 가고 또 와서

그날에
반겨 울 원념(願念)
대궁마다 켜들고 있네.

춘뢰후경(春雷後景)

번쩍, 쿵!
쾅, 딱따글!
희살 즐기는 불칼의 광무

그 아수라의 도가니 속을
고스란히 헤치고 나와

진초록
융단을 펼친다,
온 누리에 오월은.

섬진강 변주

재첩 캐는 아낙네 손 삭지 않는 피멍울을
애잔한 몸짓으로 쓰다듬는 바람결에
은은히 묻어 번지는 쌍계사 쇠북소리.

상념은 폭을 넓혀 양안으로 밀려들고
낙조에 물든 강물 반짝이는 모래톱에
소년은 자취도 없이 갈대꽃만 흩날린다.

섬호정 호젓한 뜰을 묵객처럼 소요하다
스멀스멀 처마 밑으로 기어들던 땅거미는
이끼 낀 섬돌에 앉아 먼 유역을 더듬고

여치의 가을 엽서

춘삼월은 흐드러진 풋내에 홀려 지나고
칠팔월 폭염 장림(長霖)은 징검징검 건넜더니
풍성한 이 가을에 난 거둘 것이 없구려.

뉘 손길 닿지 않은 밀림의 가지 끝에
알찬 열매 따던 일은 지난 봄 밤 꿈이었고
시절이 스쳐간 자리허(虛)만 겹겹 쌓이는구려.

작심(作心)의 알알이 또 뚜욱 지고 만다 해도
지병처럼 섬겨야 할 봄은 다시 온다기에
무서리 속 깊이 맺힌 백비탕이 끓는구려.

나목(裸木)은

가을이 깊어질수록
한 잎 미련도 없이

훌훌 다 털어버리고
또 무슨 아쉬움 있어

빈 것이
가득한 허공
종일토록 휘저을까.

싸리구름 추천(秋天)을 쓸고
상고대[霧凇] 꽃으로 피고

찬바람 채찍에도
솔은 외려 어엿한데

사지를
휘청거리며
허실허실(虛失虛失) 자조(自嘲)할까.

강화 고인돌

여긴 강화 부근리 선사유적이 자리한 곳
지석은 태초의 모습 고스란히 간직한 채
세사엔 눈귀를 막고 등신불로 앉아 있네.

한 자락 신비를 깔고 영겁에 기대인 몸
무거운 침묵으로 해와 달을 다스리며
아득한 청동기시대를 소롯이 숨 쉬고 있네.

일고지는 무상한 세파 철썩임에 굳은 의지
풍화하는 억만 비사 깊숙이 감싸 안고
섭리도 짐작치 못할 증언만을 곱씹고 있네.

누가 돌이라 하나 저 거대한 목숨을 두고
그 한생 다 못한 원 낙조로 태워도 보며
피맺힌 유형의 사연 돌이끼에 묻은 혼을.

낚시 백서(白書)

물안개 사물사물 고요를 짜는 물가에서
낚대 드리우고 종일 찌나 바라보다
시라도 한 수 건지면 그 또한 보람 아니랴.

일상사 무거운 사념 구름 끝에 실어 두고
수초에 매달려 놀던 바람도 잠 든 한낮
한 생각 죄 풀어 놓고 물에 나를 비춰 본다.

낚아챈 물고기 몇 수 수심으로 돌려보내고
기다림도 설렘도 접고 하루해를 다 거둬도
내 안에 푸득거리는 월척 꿈은 놓지 못하네.

덕수궁 부엉이

후미진 담벼락에 먹물장삼 감고 앉아
덜미까지 차오르는 울혈을 대지르며
이 산하 한밤을 씹고 등을 켜는 구도자여.

한 세월 옹이진 아픔 그 위에 지는 역류
이끼 속에 묻힌 비사(秘史) 가다간 뇌성을 핥는다.
돌처럼 돌처럼 하다 목이 잠긴 불 메아리.

균열 진 이랑마다 세기(世紀)의 앙금이 앉고
피가 도는 부리 끝에 비원(悲願)이 달무리 쓰면
미궁 속 적멸을 가꿔 실일의 성벽이 둘린다.

고궁(古宮)에서

눈 쌓인 황혼 고궁의 뜰 떠나지 않는 그림자 하나
어느 찬란한 왕조가 떨군 석경 조각에 입김 대이며
돌층계 밑으로 침몰해간 증언들을 건지는 걸까.

명분마저 허물어진 단(壇) 입상(立像)이 송구한 구품(九品)의 돌
피 마른 계절의 절규 살을 깎는 바람 안고
동토(凍土)에 유물로 남아 있음을 부끄러워하는 걸까.

신열 앓는 전각의 둘레 보라치는 혼돈의 축제
현기증을 가누어 봐도 몸 둘 곳이 없는 나목
괴질로 만신창이 된 세속 저만 가슴이 아픈 걸까.

태종대 운(韻)

잠길 수도 뜰 수도 없는 오륙도의 쓰린 속맘
한 치 밖 피 닳는 시정(市井) 미련 없이 밀쳐놓아도
푸르른 융단의 밑창엔 한류만이 흐릅니다.

흩어지는 포말(泡沫) 끝 허옇게 남는 희비(喜悲)
물새의 날개 짓에 이내는 끼고 걷히고
암청색(暗靑色) 성쇠의 물비늘엔 돛폭들이 떨립니다.

물 가운데 나앉아도 해갈 없이 밀리는 세정(世情)
목 놓은 저 뱃고동 무변수천(無邊水天)에 실었다만
고독은 푯대로 서고 등대불만 깜박입니다.

폐선(廢船)

개펄엔 땅거미 내리고 망연히 앉은 폐선 한 척
끈질기게도 해일로 오는 외로움을 다스리며
이물 끝 하얀 갈대꽃 바람에게 맡겼네.

맞물린 수천(水天) 사이 저질러진 젊음의 방황
풍파를 떠나서는 펄럭일 수 없는 돛폭을
곰삭은 일월의 피안에 비원을랑 싸 접었네.

밀물 때 부풀은 기대 썰물 뒤에 남는 허망
부서진 꿈의 포말은 황량한 뻘밭을 핥고
등피(燈皮)를 닦던 손끝엔 몽유한 슬픔이 떨고 있네.

산의 몸짓

청태(靑苔) 낀 고전의 숲
우수(憂愁) 빗질해 앉아

들끓는 원형질(原型質) 이마
서릿발이 반짝이어

원시(原始)로 들어난 팔꿈치
그 마디를 펴고 있다.

풀잎 끝에 감겨오는
생멸(生滅)이랑 영원이랑

광맥(鑛脈) 속을 기어가다
대이면 점화(點火)할 꿈

침묵을
이고 진 하늘 문
천년 신비 눈을 감고.

신 노들강변

영하 14도 육신묘역(六臣墓域) 검푸른 도래솔은
비리(非理)와 공해(公害)에 취한 빌딩가를 응시한 채
한 조각 목숨을 끓여 오한(惡寒)을 사른다 마는.

성토(聖土) 깊이 뻗어 내린 뿌리마저 뒤흔들고
맨살에 꽂히는 눈발 보다 시린 기류(氣流)
한수(漢水)여, 시절 없이 그냥 흐를 대로 흐를 건가.

등잔불

뉘 모를 시름을 슦아 황국(黃菊)조차 여윈 밤을
손 짚고 떨리는 숨길 홀로 지킨 묵약(黙約)이듯
묵창(墨窓) 안 휘장을 걷고 그 만적(滿寂)을 흘는가.

스란치마 고이 접힌 밀방(密房)의 꿈나비로
애한(愛恨)을 다 못 사뤄 속살 저민 상혼(喪魂)을
빛무리 꽂힌 기슭에 밝혀 쓰는 꽃일기

찬 하늘 뜯어내는 상화(霜花) 숲 별빛에 묻혀
선업(先業)의 그림자로 새날의 문을 열고
어려 온 슬기가 고여 하얀 손길 그믄다.

한 그루 옥수수

한 세월 담장 너머로
기약 없는 넋을 바라

유복자(遺腹子) 하나 등에 업고
청상(靑孀)의 한 사려 안고

야윈 목
휘휘 늘이고
먼 하늘을 긁어낸다.

사무침 눈물로 삭혀
인종(忍從)의 꽃 피운 백발

바람 따라 손짓하며
기다림에 바랜[漂白] 목숨

외로이
숙명(宿命)을 추스르며
놀빛 톺는 여인아.

시계바늘

시시로 겹쳐오는 시름을 털며 간다.
심사(心思)를 가눌 길 없는 궤도(軌道)만 같은 질서라면
차라리 몸을 벗어 두고 영혼(靈魂)만이 갈까 보다.

생애(生涯)의 피곤한 숨결 종소리로 울려가며
상설(霜雪)의 빈 벌판에 머물 곳이 없는 준마(駿馬)
허실(虛實) 그 징검을 건너면 뿌연 회한의 강물 빛이.

한 짐 업고(業苦)를 지고 고쳐 서는 노을 가에
어제 날 꽃잎에 띄운 바람은 낙엽을 불고
끝없는 윤회(輪廻) 더듬어 환생(還生)하는 목숨이여.

동구릉(東九陵) 단상(斷想)

습한 땅에 누웠어도
권능(權能)은 엄위롭다.

지조(志操) 굳은
충신(忠臣)의 혼(魂)
적송(赤松)으로 둘러 세우고

풍설(風雪)에
발 디딘 영화련만
후광(後光)마저 눈부시다.

허수아비

고뇌는 금파(金波)에 실려 사치스레 펄럭이고
인욕(忍辱)에 겹친 회한은 계절 잃은 소나기 같아
외로움 소슬한 날은 영(靈)의 씨롱에 불을 지핀다.

의수(義手)엔 분노를 쥐고 풍요 속 허기진 목숨
동서남북 휘둘러봐도 옮겨 설 자리는 없다.
해종일 찢기고 바래어 허울만 남은 내 그림자.

분복(分福)인양 누더기 세월 지악스레 감발하고
외침도 통곡도 없이 입 다문 채 지켜 선 벌
참새 뗀 탄핵의 지저귐 늦가을이 저문다.

양회 숲에 웅성거리다 눈멀어 돌아온 바람
볏가리만한 적막의 품 보채이는 봇도랑을
베짱인 달래다가 울고 먼 봉창 설레는 등불.

벽(壁) 앞에서

가다간 느닷없이 막아서는 벽을 만나
한 치 앞을 가름 못한 미련을 발 구르다
깨우쳐 피 쏟는 아픔 뚫을 수 없는 내 무력(無力)을.

허실(虛實) 속 더욱 미망(迷妄)한 생애의 모퉁이마다
피하려 바동거려도 마주 서는 그 앞에서
체념(諦念)도 부질없는 짐 오기(傲氣) 또한 무모할 뿐

함부로는 측량치 못할 불가해한 목숨의 도정(道程)
돌아보는 발자국엔 적자(赤字)만 소복한데
실없는 명분(名分)의 지팡인 왜 갈수록 무거운지.

갈채도 욕된 삶도 한 이정(里程)에 피는 설화
누구라 두들겨 훤히 열고 싶다 않을까만
헐고 또 헐어도 끝내 무너지는 건 나의 일월(日月)

어둠을 깔고

어둠을 깔고 덮고
몸살 겨워 뒤척이다

내, 한낮에 함부로턴
촛불을 챙겨 들 때

주름진
이마를 찧고
벽(壁)이 홀로 울더이다.

끓여 증발도 못시키고
대껴 때깔도 못 내고

그저 끝없는 갈증에
병력(病歷)이듯 꾸겨진 자취

때 늦은
통한(痛恨)을 풀어
바람도 신음을 쏟더이다.

조가(鳥歌)

훨훨 날아 누비고 싶은
하늘로 머리 들고

외로움에 깃을 떨며
울음마저 삼켜버린 채

안주(安住)할
영지(領地)를 찾아
까만 눈을 굴린다.

퍼덕임 부질없는
적막한 조롱(鳥籠)에서

부리 끝 이는 갈증
찬이슬로 다스리다

귀소(歸巢)할
꿈 날개 펼쳐
안아보는 먼 잡목림.

귀향초(歸鄕抄)

소나기를 밴 구름 이마를 짚는 논두렁길
먼 들녘 송아지 울음에 음 칠월이 실려 가고
영기슭 원두막엔 풋풋한 유억(幼憶)이 두셋 덩그렇다.

애틋한 전설도 잠긴 봇도랑을 건너면서
흘러가는 물의 뜻을 곰곰 새겨 더욱 서러운
회한(悔恨) 찬 일모(日暮)의 풀숲 목을 놓는 청개구리.

켜켜마다 들춰 아픈 내력만은 잊고 싶다만
가난이 사태진 비탈 청댓잎의 옛이야기로
바위도 사무침에 젖어 눈을 감고 앉았다.

조춘야상(早春夜想)

잔설이 토한 입김 살갗을 훑는 이 밤
나뭇잎 눈 뜰 기미는 달력에나 있음직 한데
내 마음 허한 비탈엔 옛 요기감 감꽃이 핀다.

그건, 송피(松皮)를 시샘하는 화사한 요부의 몸짓
배배 꼬인 창자의 자그만 위안일 뿐
먹어도 갈증만 남는 내 유년(幼年)의 시장함.

나이테 늘어갈수록 젊어오는 옛 생각에
저민 가슴 어찌 못해 파르르 떠는 문풍지
누군가, 지난 세월을 그립다고 말한 이는.

고난은 삶의 밑거름 그 영양에 살아온 나날
불 못 지핀 아궁이 보다 더 기찬 눈초리들
그 아픔 삭이기에는 밤이 너무 길구나.

증언(證言)

성에 낀 창문이 잠 안자고 투덜거린다.
눈발 섞인 기류 속에 하루를 벗어 던지며
바람은 가슴을 나누자고 뜨겁게 추근거리고

정원의 나무는 목 쉰 안간힘을 흔들고 있다.
뉘우침만 동동 뜨는 쓸쓸한 잔을 비우며
맨살로 부르짖지만 빛을 낳지 못한 소리.

생각이 깊을 때마다 창틀은 푸념을 한다.
살아 뚜렷한 몇 자욱 허물을 지운다 해도
한 목숨 아픈 증언(證言)을 부인하진 못하리라고.

제야(除夜)에

흔적 지우듯 밤 새워
싸락싸락 눈은 내리고

비명(非命)에 뜯긴 일력(日曆)들이
휘몰아 아우성친다.

또 한 해 못다 푼 꿈은
설목(雪木)으로 세워둔 채

담즙(膽汁) 같은 일월 속에
신 집힌 목숨의 영위(營爲)

하마 내 생애 반은 이울고
몸살로 뒤채는 바람소리

촛불도 적막을 털며
인간사를 생각한다.

서울 장승

아픈 일월 겹겹이 입고
향사(鄕思) 앓는 실향민이여

서리 매운 하늘 우러러
생각에 잠겨 말없이

물 젖은
눈동자 가득
두고 온 산천이 고여 있다.

냉한(冷寒)이 겨운 천지간
갈 곳이 없는 미아(迷兒)

외로움이 함박눈 되어
어깨 위에 쌓이는 밤은

배매(白梅) 핀
야학당 울 밖
오붓한 등불을 찾아 나선다.

변계(邊界)에서

능선 어룬 빈 하늘로 철쭉꽃은 타오른다.
열 식힌 바램(望)일랑 다스려 아문 세월을
우러러 되 보고픈 소망 핏빛으로 떨친 임종.

황량한 비탈에 서면 쏟히는 미완의 꽃잎들
침묵을 짚고 앉은 바위만이 날빛을 이고
갈증에 타는 정 쏟아 목이 메는 두견새여.

산새 떼 넘나들며 깃을 치는 남북 하늘
역사의 상흔 위에 갈대꽃은 피었는데
차디찬 전설을 안고 비목(碑木) 하나 섰는가.

제7부
곡 없는 반가

산마을에서

고샅길 어디에도 말 섞을 이 하나 없다.
수풀이 부려 놓은 적요만이 사는 동네
그림 속 전설로 앉은 실낙원이 여기던가.

반쯤 헐린 헛간 외벽 애상스레 걸린 멍에
한 시절 에인 삶을 여물 씹듯 반추하며
아련한 소 방울소리 환청으로 듣는 걸까.

지절대던 산새들도 둥지 찾아 깃드는 녘
구붓한 등 못 편 채로 깡마른 옥수수 대
해종일 아들딸 생각 안고 업고 다독이고

깊은 골 깊은 밤을 뒤척이며 지새는 별
산 보다 더 큰 회한 어둠 속에 내려놔도
순죄업 벗을 길 없어 시리도록 빛나는가.

유심초(有心草)

어둠을 찢고 가는 한 줄기 유성처럼
온갖 회억 조각 느닷없이 쏟아지며
내 잔뼈 커가던 시절 굽이굽이 펼쳐드네.

멱 감고 호미 씻던 동구 밖 맑은 냇물
아마득한 광음 속을 감돌아 흘러와서
축축한 사연마저도 토막토막 늘여놓네.

허기를 졸라매고 바동거린 보리누름
숲이 짜는 적요 쪼며 소쩍새 구슬피 울고
설움이 사태진 골도 돌아보면 꽃밭이네.

내 마음의 무궁화

[1]
느닷없는 돌개바람 온 산하를 뒤흔들고
이념의 말발굽이 순리마저 짓밟아도
찢기고 얼룩진 흰옷 파수하는 첨병이여.

외눈박이 철새 무리 분별없이 돌아치는
광란의 휘몰이에 얼어붙은 뿌리 깊이
묻어둔 불씨를 살려 피 끓이는 구도자여.

[2]
반목으로 벽을 쌓은 불신의 절정에서
매몰차게 희살 짓는 난기류를 물리치면
뒤틀린 가지 끝에도 새 움 돋아 푸르리.

이 어둠의 장막 너머 새벽닭 홰를 치면
숨 막히게 옥죄이는 조바심도 풀리려니
새 날빛 여울져오는 봄 마중을 나서야지.

천한(天寒)에 듣다

매몰찬 바람 타고 흩날리는 눈발 속에
숨 막히게 감겨오는 고한(苦寒)을 뿌리치며
푸른 넋 오롯이 안고 부활하는 숨결소리.

삭막한 비탈에서 가지마다 하늘을 들고
휘감기는 고독을 체념 섞어 깨물다가
뼈저린 아픔을 삭여 눈꽃을 피우는 소리

시퍼렇게 날을 세워 살을 에는 칼바람이
풍설로 옹이진 상처 비정하게 후벼 파도
한사코 새물을 잣는 나무들의 맥박소리

눈 오는 밤에

풍설(風雪)의 밤 수은등은 먼 옛날도 비추나 보다
지게문에 아른아른 물레 도는 그림자랑
인종(忍從)을 실꾸리 감는 어머님이 보이느니.

눈길을 밟고 가듯 생각 하나 밟고 가면
눈을 인 청대 밭에 적막 뜯는 부엉이와
냉한(冷寒)이 겨운 오두막 축담 위의 날 만난다.

시련이 보배란들 품고 보면 설움인데
가난을 길들인 땅 반석 깔린 골목길을
오고 간 내 발자국이 새긴 듯이 또렷하다.

아리한 세월의 잔영 흩뿌리는 눈발 속에
중치막 펼쳐 넌 듯 허옇게 널린 내 유년
끝내는 아득히 묻혀 동면할 피안의 전설

예감(豫感) 2

한 알 모래알에도
움이 탁 틀 것만 같다.

색색의 상모 쓰고
사물놀이 어우러진

새싹들
몸짓을 따라
산과 들도 우줄대고.

곡(曲) 없는 반가(返歌)

누군가,
사철 푸르고
흔들림 없다는 이는

단 한 번도 제 뜻대로
곧추서보지 못하고

무시로
풍향을 따라
휘청대다 굽어진 대를

환(幻). 그리고 울림

나림(那林)* 선생 혼이 담긴
섬진강변 문학비가

밤이면 머리맡에
뚜벅뚜벅 걸어와서

장엄한 지리산 보다
더욱 높게 우뚝 선다.

『太陽에 바래지면 歷史가 되고
月光에 물들면 神話가 된다.』*

휘황하게 사무치는
이 명언(名言) 그 의미가

내 정신(精神) 안개 낀 벌판을
천둥으로 뒤흔든다.

* 那林 : 작가 이병주선생의 호.
『太陽에…』: 나림 선생의 문학비문에서 인용.

예비(豫備)의 몸짓

잠시도 허송 않는다.
젊은 다람쥐 부부

천둥 번개를 먹고
더욱 검푸른 녹음 위로

눈보라
휘모는 계절
평안한 동면을 위해

버성긴 바위너설
틈새마다 살펴도 보고

이 저 나뭇가지
쉴 새 없이 오르내리며

진종일
발발거린다.
알밤 같은 꿈을 안고

어머니 생각

떨어진 가랑잎을
밟고 가는 삶의 길섶

가느다란 거미줄에
매달린 이슬마다

그 모습
선연히 어려
방울방울 사무친다.

새하얀 억새꽃이
바람결에 흩어지면

환청으로 여운지는
절절한 그 음성에

산새도
끝내 못 참아
목이 메어 우닐고

어느 날 문득

아파트 앞 광장에 아이들 소리 왁자하다.
어린 동주 지현* 남매 목소리도 섞인 듯 해
창밖을 두루 살피며 귀를 바짝 기울인다.

정신없이 뛰놀다가도 쪼르르 달려와서
덥석 안겨 가진 응석 다 부리던 두 꽃사슴
별안간 반길 것만 같아 자릴 뜨지 못한다.

말조차 통하지 않는 이역만리 낯 선 땅에서
그 온갖 어려움을 어이 참고 견디는지
가없는 남쪽 하늘만 하염없이 바라본다.

* 동주. 지현 : 호주로 이주한 저자의 외손들

아내의 당부

문을 열고 나서다가 되돌아 들어와서
때 되면 굶지 말고 꼭 챙겨 먹으라네.
이제는 혼자 사는 법 연습해야 한다며

느닷없는 아내의 말 얼결에 받아 들고
밟아온 삶의 자국 하나 둘 되짚으며
남은 날 헤어도 보다 때 지난 줄 몰랐네.

다시 못 올 먼먼 길을 떠나는 길손처럼
침중한 심서에다 던지고 간 한 마디가
한밤 내 줄기를 뻗어 병두련(竝頭蓮)을 피웠네.

눈 오는 제야(除夜)에

바람 거친 비탈에서
덧없는 광음을 업고

아등바등 허덕이며
저물도록 쌓은 죄업

그 혼적
다 덮으려고
밤새도록 내리는가.

점지된 분복 밖의
허상에 목맨 탐욕

머리칼에 기생하는
비듬처럼 남은 미련

못다 턴
나목 한 그루
뒤척이는 동토(凍土)에

겨울 해변에서

썰물 진 개펄 가득 널려 있는 얼음 조각들
갈라져 시린 사연 水天 밖에 흘려 놓고
쪼개진 살을 맞대어 희디흰 죄를 짓네.

매서운 세한에도 영혼은 숯 잉걸 같아
완벽한 구도를 깨고 통째 변한 모습으로
순정에 허기진 심회 굽이굽이 펼쳤네.

속 깊이 멍울진 아픔 해풍으로 쓰다듬어
표백한 밀어(蜜語)들로 속삭이는 비단조개들
두 마음 하나로 굳혀 새 우주를 열었네.

청명절(淸明節)에

연초록 화신풍(花信風)이
꽃수레를 밀고 오면

풀꽃들 향연으로
온 산하가 들썩이고

죽순도
제철을 만나
하늘 높이 솟는다.

탄생의 순간

한 덩이 불잉걸이
동산 위에 불쑥 솟고

청순한 백모란은
망울 활짝 터트린다.

울 아기
첫울음소리
우렁우렁 퍼질 때.

보라 꿈

한밤 내 실비로 와
속삭이는 귓속말에

수줍은 앙가슴을
가릴수록 부푼 망울

날 새자
봉황 꿈 깨어
놀라 터진 오동 꽃.

심회(心懷)

적요의 한나절을
허랑히 다 보내고

마음이 허전하여
무작정 걷는다만

아쉬움
웃자란 길섶
뉘우침만 무성하다.

푸른 날빛 스치고 간
생애의 비탈에는

구름을 휘어잡은
백장미 꽃 대궁이

미망에
빠진 영혼을
추스르며 서 있고.

마른 꽃대

신들린 바람 앞에
버티어 온 그 결기로

꿈결에도 별을 캐던
이정(里程)을 되감으면

내 의지
꽃으로 피어
향기 물씬 풍길까.

바위

고독마저 황홀하게
사르는 석양빛을

늘 시린 가슴에다
모닥불로 지펴놓고

무상을
휘감고 앉아
그 아픔을 삭인다.

세계평화의 종 공원에서

피 맺힌 외마디로 어머니를 외쳐 부른
마지막 그 절규의 산울림도 멈춘 골짝
뜨겁게 젊음을 사르고 침묵하는 비목(碑木)이여.

이름 모를 병사(兵士)의 의지 못다 핀 채 산화한 혼
비원(悲願)의 이끼 돌아 더욱 슬픈 돌무덤에
도사려 사무친 증언(證言) 울어 예는 풀벌레여.

녹슨 철모 비껴쓰고 백골(白骨)로 굳은 입상(立像)
힘줄 선 팔을 뻗어 찢긴 산하(山河)를 껴안으면
기막힌 격전의 탄혈(彈穴)에 도라지꽃은 또 피련만.

평화의 종(鍾)마루에 자리 잡은 청동 비둘기
철조망을 넘나드는 갈망은 끝없는데
단절된 두 날개 이어 비상할 날은 언제인가.

율곡산방 초(栗谷山房 抄)

속진에 찌든 일상 먼지 털 듯 훌훌 털고
골물에 별이 뜨는 숲 속에 터를 잡아
오붓한 부엉이 한 쌍 새 둥지를 틀었네.

까투리 산토끼가 오순도순 더불어 살고
상큼한 사과 향에 싸리꽃 발갛게 피면
풀벌레 울음에 놀라 알암 툭탁 버는 곳

숲이 짜는 산울림은 오롯한 적요를 깨고
손수 심은 과목들을 살붙인 양 섬기는 삶
느긋한 그 손길 따라 꽃이 피고 새가 운다.

소인(消印) 없는 엽서

해조음이 풀어 놓은 갯내 물씬 풍기는 섬
일상을 벗고 싶어 으벼르다 찾았네만
고독이 염치도 없이 먼저 와서 부침(浮沈)하네.

난파한 이상(理想) 조각 표류해간 고해(苦海) 멀리
번뇌도 아린 뜻도 죄다 쓸어 던지네만
내 심혼 에운 이내(嵐)는 걷을 수가 없다네.

폭풍우 속 길을 잃고 날개 상한 철새처럼
절도(絶島)의 갯바위에 점 하나로 앉았네만
한사코 퍼덕거리며 비상을 꿈꾼다네.

新 매화타령

세풍(世風)에 향(香)도 넋도
다 사윌 줄 알았다면

차라리 어느 산비탈
싸리로나 명(命)을 얻어

몹쓸 것
싹싹 쓸어낼
빗자루나 될 것을.

눈 오는 4월에

연필로 쓴 심서(心緒) 접어
몰래 띄운 종이학이

아마득한 시공(時空) 밖을
기약 없이 맴돌다가

애틋한
물망초 엽신
조각조각 흩고 있다.

소쩍새 우는 밤에
네 별 내 별 서로 혜다

꽃이 피고 지는 사연
응시(凝視)하던 그 모습이

하늘 땅
자우룩 메워
미련인양 겹쌓인다.

조춘 소묘(早春 素描)

어둠을 무두질한
바람결에 실려 온다.

외지고 적막한 골
잔설을 밟고 나와

지심(地心)에
깊이 잠든 혼
일깨우는 요령소리

아픈 일월 마름질해
새 의지로 갈아입고

동토(凍土)를 녹이면서
들썩이는 만유(萬有)의 몸짓

뼈 시린
설한을 견딘
꽃눈들이 돋고 있다.

새해 벽두에

칠칠한 어둠을 뚫고
환한 얼굴로 오는 해여.

너와 내가 지켜야 할
이 백의의 영토 위에

겹도록
짙푸를 날은
어디쯤 오고 있는가.

풀빛 단상(斷想)

누군가,
삼라만상을
청록으로 물들이고

꽃이란 꽃 죄다 피워
짐짓 암을 감추느라

화필도
물감도 없이
덧칠을 하는 이는

들꽃 단상(斷想)

폭염 장마 다 물린 숲
청량한 화음을 짜고

싸리구름 뜬 하늘에
고추잠자리 떼로 날면

꽃잎에
묻어 둔 속말
떨기떨기 피어난다.

웃자란 아쉬움엔
가을 물이 짙어오고

이슬 맺힌 풀잎들이
회억을 들추는 아침

한 무리
까치소리가
네 목청을 일깨운다.

할미꽃

겨우내 눈바람에
에이는 삶 문지르며

따끈한 물 한 모금
마시지 못했어도

봄 들자
볕바른 언덕에
수굿하게 앉았네.

비둘기 구구 울어
짙어가는 푸름 속에

자정(慈情)으로 맺힌 설화(說話)
감싸 안은 애처로움

아릿한
애환을 삭여
꽃등을 켠 어머니 혼.

고송 운(孤松 韻)

광풍도 잠이 들고
칠흑 어둠도 걷히고

뒤척이던 밤이 간 후
다시 열린 추청(秋晴) 아래

한 그루
겸허한 입상
아취 더욱 고담하다.

겨울 담쟁이

뼛속을 파고드는
바람 드센 동토에서

가녀린 뿌리마저
눈 속에 파묻혀도

한 줄기
굳은 의지로
봄 마중을 채비한다.

바위섬

삿대도 노(櫓)도 없이
한바다에 점으로 앉아

철썩이는 해조음(海潮音)을
끈질기게 새김질하며

부침(浮沈)을
아랑곳 않는
너는 흡사 외로운 시객(詩客).

파도가 살을 깎고
해풍이 뼈를 후벼도

해원(海原)을 향한 열망
물비늘로 반짝이며

번뇌는
해심(海心)에 두고
묵상하는 사색가(思索家).

바위의 말

어쩌란 말이냐
정녕
바람 거센 비탈에서

줄 잘 타는 광대처럼
춤이라도 추란 말이냐

꿈쩍도 아니 하는 건
타고난 천성인 것을.

모르리.
약삭빠른
백여우, 카멜레온은

휘감는 모진 기류에
육신은 풍화해도

이끼 속 아픔을 묻고
침묵하는 그 속내를

나팔꽃

화사한 매무새로
베란다에 나선 여인

남홍(藍紅)으로 물든 사연
잎새마다 펼쳐 들고

온종일
무성나팔만
허공 향해 불고 있다.

별밤이면 더욱 뻗는
인연의 질긴 줄기

미련스레 창밖으로
그윽한 눈길 주며

실바람
여린 기척에
옷자락을 여미고 있다.

한계령 단풍

생인손 보다 더한
망부한(亡夫恨)을 다스리며

돌이 된 사연 안고
고독을 씹는 청상(靑孀)

청산도
가슴을 뜯어
핏빛으로 울먹인다.

하조대 해송(河趙臺 海松)

해풍은 밤낮없이
신념을 뒤흔들고

파도는 거품을 물고
지절(志節)을 헐뜯어도

해송은
세사(世事)를 잊고
바위섬에 홀로 섰다.

제8부

시공(時空)을 되감으며

아닌 밤중에

사방이 어둠에 잠겨 저승처럼 막막한 밤
땅덩이 몽땅 갈아 새 누리를 빚을 듯이
천둥은 맷돌 돌리고 번개는 칼춤 춘다.

번쩍이는 번개보다 더 강렬한 갈망들을
뜨고도 바로 못 보는 사시를 바로 잡나
섬뜩한 도끼날 섬광 소름 오싹 돋는다.

길 잃고 허둥대다 역리에 함몰된 반도
흔들리며 서성이는 바람의 그림자여.
어디쯤 새벽이 오나 온 산하가 들썩인다.

시정 점묘(市井 點描)

샅샅이 곪고 썩어
비리비리(非理鄙俚) 겨운 악취

소란한 흑백깃발
펄렁이는 난장판에

진어(眞魚)는
어딜 다 가고
잡어들만 굿을 치나.

입에 거품을 물고
파닥이는 저 꼴 좀 봐

낚시에 걸렸을 뿐
무슨 죄를 지었냐며

천망(天網)도
술수로 몰아
눈 흘기는 강도다리

갯가에서

썰물 진 개펄마냥 마음 밭이 허전하나
설핏한 석양 어린 먼 데 섬을 응시하며
넋 놓고 미동도 없이 우두커니 앉은 폐선

점점이 나는 물새 가물대는 수평선 밖
돛폭을 펄럭이며 방향타를 가늠하며
풍파를 헤쳐 온 시공(時空) 헤아리며 성찰하나.

영육 그 쓰라림이 얼마나 깊고 넓어
낡고 닳은 이물 위로 한 하늘 펼쳐 들고
섭리에 따른 업보를 묵언으로 읊고 있나

태안반도에서

―기름유출 후경

무작한 기름독에
혼절한 어족들이

회생을 갈원(渴願)하는
몽산포의 초겨울 밤

이내 속
성난 풍파에
온 바다가 술렁인다.

진주알 고이 품은
명치끝을 뚜드리다

분사(憤死)한 조개껍질
쌓여 있는 해안가에

참아도
치미는 울화
등댓불로 깜박이고

가을에 1

목화구름 송이송이
허공에 피고 지면

비탈길 되짚으며
시나브로 내려온다.

푸른 날
다 사르고도
남아 번지는 불길

휘어진 생가지 끝
타다 만 잎새 하나

투명한 청추(淸秋)의 품
두고 차마 떠날 수 없어

온몸에
무서리 덮고
찬바람을 견딘다.

가을에 2

밤이면 무서리 치고
바람 끝이 싸늘하다

혹한을 예감한 산새
깃 떨구는 가지마다

황갈색
멍든 잎들은
부활의지를 다지고.

비 오는 봄날에

연초록 새싹들이
뾰족뾰족 솟아나면

아마득한 여정 속에
덧쌓인 삶의 애환

덩달아
고갤 쳐든다.
망각의 틈 비집고

많은 날의 많은 얘기
되울려 가슴을 치는

바람이 부려 놓은
사연마다 맺힌 애증

촉촉이
실비에 젖어
은구슬로 반짝인다.

때때로

눈 들면 창 너머엔 산이 빚은 만 평 정원
무시로 내 마음이 그 자락을 서성이면
철따라 피고 이우는 푸나무가 말을 건다.

바람결에 서걱대는 수풀에 정을 두면
꽃씨를 움켜쥔 꿈 화사하게 피어나고
고요를 밟는 발끝에 떨어지는 산새소리.

사는 일 다 잊은 양 침묵을 깔고 앉아
쌓이는 외로움을 온몸으로 받아 안고
초연히 삶을 누리는 그 산심을 닮고 싶다.

풍취(風趣)

아파트 발코니는
천혜의 작은 낙원(樂園)

성 다른 화초들이
오순도순 모여 살며

살뜰히
꽃을 피운다.
향기롭고 화사한 정(情)

볼거리

한밤 내 실비 불러
속삭이며 지새운 산

목덜미에 쌓인 잔설
소롯이 다 녹이고

실안개
살포시 두르며
시침을 떼고 있네.

해와 달 가오는 길
경칩 다시 돌아들어

시린 살갗 뚫고 나와
도톰한 꽃눈마다

한가득
부푸는 마음
화신풍에 맡겼네.

초가을 점묘(點描)

알밤 줍는 어린 남매
재롱 겨워 웃는 부부

추청(秋晴) 아래 펼친 복락
오붓한 정에 취해

토실한
시어(詩語) 한 톨이
덩달아 뚜욱 진다.

해토머리 단상(斷想)

꽃잠 깨어 밖을 보다.
하늘빛이 한결 맑다.

푸나무 여린 싹들
기운차게 일어선다.

머잖아 산하는 온통
꽃 잔치로 들썩일 듯.

고소성에서

장엄한 지리 준령
성벽마냥 두른 요새(要塞)

전설에 뿌리 내린
돌이끼에 눈빛 주면

깨어진
나제동맹(羅濟同盟)의
파편들이 일어선다.

두꺼비 떼 등을 맞댄
강안(江岸)을 가로 질러

시공(時空)을 넘는 구름
잠든 혼 일깨워서

갈무린
역사의 증언
바람결에 흩고 있다.

봄 앓이

이른 아침 새싹 끝에
방울방울 맺힌 진주(珍珠)

그 맑은 눈빛에 홀려
홍매(紅梅) 망울 살짝 벌면

나는 또
꿀벌이 되어
꽃부리를 파고든다.

아마도

먼 뭍을 사모하며
가물대는 고도마냥

안개너울 자락으로
얼굴을 가린 산봉

연초록
불길 번지는
봄꿈을 꾸나보다.

홍수 유감(洪水 有感)

밤을 이어 쏟는 비에
둑마저 무너지고

벌물이 크게 넘쳐
온 동네를 다 휩쓴다.

부패한
쓰레기더미
고스란히 남겨 두고

귀뚜리 우는 밤에

달빛에 서리꽃 피고
늦가을도 이우는 밤

한 잎 미련도 없이
죄다 버리는 나목처럼

훌훌 다
털고 싶어라,
심신에 묻은 죄업

까닭 없이 섭섭한 맘
귀뚜리 가락에 실어

낙엽이듯 흩뿌려도
도로 내려 겹쌓인다.

뭇별도
시름겨운가,
잠 못 들어 가물대고.

시공은 덧없어도

갈마들어 교차하는
광음(光陰)이사 덧없어도

한갓 애증의 조각
여울지는 시공(時空) 속에

살뜰히
꿈 한 채 얽어
무지개로 세웠어라.

의문

해는 왜 동에서 나와
서산너머로 지는 걸까

바람은 왜 형체도 없이
마음마저 흔드는 걸까

한 천년
살다가보면
알게 될까 그 연유를

핑계

쓸모 있는
몽당비 하나
갖지 못한 탓 아니랴

늦가을 허허벌판
저 황량한 공간 속을

썩은 것
죄다 쓸어서
메울 수가 없음은

들길에서

벼꽃이 흐드러진
논둑길을 걷노라면

옮기는 걸음마다
밟히는 옛 이야기

진초록
회억을 안고
포기마다 수런댄다.

진풍경

입심 센 광대들이
제멋대로 우줄우줄

거리낌 한 점 없이
붕당붕당(朋黨朋黨) 활개 치며

갈수록
우스꽝스런
꼴불견을 펼친다.

진성(眞性)은 피서 가고
요지경만 남은 여름

폭염 장마 분탕질로
시름 깊은 이 산하에

말꼬리
물고 늘어진
가면들이 판을 친다.

호돌이

일찍이 산중왕도
혼겁하여 물러섰다는

전설의 그 곶감 보다
두렵고 더욱 황망하다.

끓다가
식으면 금시
잊고 마는 그 습성(習性)이

허공을 대지르는
주먹마다 불꽃이 튀고

이념의 촛불로 달군
용광로 보다 더 무섭다.

파란을
헤쳐 온 흰옷
마구 꾸기는 그 민질(民疾)이

일막 이장(一幕 二場)

음충맞*은 탈을 쓰고
능청 떠는 잡새들이

비정한 칼날 발톱
삭모(槊毛)* 끝에 감춰두고

해괴한 몸놀림으로
온 무대를 돌아친다.

착란한 바람에 쏠려
광란하는 망나니 패

그럴싸한 이름표로
본 모습을 가려놓고

흑심에 날개를 달아
날고뛰는 난장판.

* 음충맞다 : 엉큼하고 불량한 데가 있다.
* 삭모(槊毛): 기나 창 따위의 머리에 술이나 이삭
　　모양으로 만들어 다는 붉은빛의 가는 털

허수아비 수상

비단옷 입었어도 본바탕은 짚 검불이
무시로 일렁이는 시류 타고 우쭐댄다.
잡새만 배를 채우고 떠나버린 논밭에서

서풍(西風)에 저린 벙거지 보란 듯 비껴쓰고
넘치는 금물결로 온몸을 씻는다 해도
신의 뜻 거를 수 없는 너는 천생 허상인거.

뉘우침 부질없는 황량한 들녘에서
발자국 되짚으며 아쉬움에 목메어도
뜸부긴 울지 않는다. 구절초꽃 핀 계절을

적적한 날

텅 빈 집안에 홀로 바장이는 낡은 바지
수염 끝에 매달리는 허전을 쓰다듬을 때
눈 오는 창밖엔 하마 땅거미가 구물댄다.

벅찬 나달이 박혀 삭지 않는 피멍울을
천부의 이바지 냥 고스란히 걸머지고
지나온 발자국마다 뉘우침만 그득한데.

빛바랜 낙엽으로 나뒹구는 온갖 사연
기억의 비탈길에 자우룩이 내려 앉아
진종일 무료 더불어 앙가슴만 두드린다.

모르긴 해도

산야엔 사시사철
그림신이 사나보다

봄이면 뉘도 몰래
연초록을 칠해 놓고

가을엔
황갈색 진경(珍景)
부시도록 그리느니.

시린 바람 회살 짓는
동한(冬寒)에도 붓을 들어

능선 위 검푸른 솔
흰옷 입혀 세워 두고

하늘 땅
가득한 설경(雪景)
소담하게 펼치느니

허허! 참

뽕잎을 잠식하는
누에도 아닌 주제에

실없는 일흔 몇 해를
시나브로 갉아 먹고

남은 건
발자국마다
수북한 껍데기 뿐.

미련

골목길 토담을 끼고
가만히 걷노라면

눈물 밴 옷고름 물고
돌아선 가랑머리

풀어진
세월 한 주름 사려 안고 날 따른다.

姓名 : 金光洙 │ 雅號 : 一常 │ 譜名 : 永輝
故鄕 : 慶南 河東郡 良甫面 知禮里 禮洞651番地
父 : 金季鎬(譜名 信鉉 號 素石) │ 母 : 鄭淇善(晉陽鄭氏)
1938년 12월 5일[음력] 日本 후쿠이(福井)에서 3男 5女 中 세
　　　번째 出生(次男)

연보

1960년 9월 陸軍에 入隊.

1963년 8월 滿期除隊

1967년 10월 遞信部 入職

1969년 4월 4일 학성이씨 花枝와 結婚. 슬하에 一男 二女를 둠

1969년 6월 12일 아들 明勳 出生. 檀國大學校 大學院卒, 터널공
　　　학석사

1971년 2월 7일 첫딸 孝靜 출생.

1974년 10월 27일 둘째딸 勳靜 출생,

1975년 朝鮮日報 新春文藝 當選으로 文壇데뷔

1982년 1월 1일 韓國通信公司로 身分轉換

1991년 成均館大學校行政大學院 高位官吏者 科程 1年 修了

1997년 6월 30일 韓國通信公司에서 停年退職

경력

씨얼文學會長 (1977년 — 1987. 2월)

季刊 『時調文學』 編輯主幹 歷任

韓國時調詩人協會 總務理事 (1985. 1월 — 1995. 1월)

韓國文人協會 第19代 理事 (1990. 1월 — 1992. 1월)

韓國文人協會 第20代 選擧管理委員 (1992. 1월 — 1995. 1월)

韓國文人協會 第20代 監事 (1995.1월 — 1998.1월)

韓國文人協會 第21代 理事 (1998.1월 — 2001. 1월)

韓國文人協會 第22代 選擧管理委員 (2001. 1월)

國際펜클럽 韓國本部 第30代 選擧管理委員 (1998년. 1월)

한국시조시인협회부회장 (2004년 2월 — 2006년 1월)

退村公 後裔의 발자취 編輯委員長 2006년

光山金氏大宗會 60年史 編輯 主幹 2014년

현재

한국문인협회문인저작권옹호위원

사)한국시조협회 고문

한국문인협회 문인저작권옹호위원

국제펜클럽한국본부회원

저서

시　집 : 『등잔불의 肖像』

　　　　『六人詞華集 新抒情』

　　　　『길을 가다가』

　　　　『曲 없는 返歌』

평설집 : 『韻律의 魅力을 찾아』, 『抒情의 울림』

수상

韓國時調詩人協會賞(1994년 1월 17일 제6회)

사)한국시조협회 제5회 문학상 대상(2017년 12월 14일)

사)한국시조협회 제13회 한국문협서울시문학상

주요작품

「壁앞에서」, 「허수아비」, 「古宮에서」, 「廣場의 老人」, 「눈 오는 밤에 幻想」, 「太宗臺 韻」, 「고향 눈」, 「西天달」, 「哀歌」 외 多數

주요평설

「眞實, 그리고 純粹」, 「多感한 抒情의 숲」, 「밝음을 향해 피어난 서정의 꽃」, 「自然에 共鳴한 雲水美學」 외 多數

큰길 저만치 두고

초판 1쇄 인쇄일	2021년 09월 30일
초판 1쇄 발행일	2021년 10월 12일

지은이	김광수
펴낸이	한선희
편집/디자인	우정민 우민지
마케팅	정찬용 정구형
영업관리	정진이 김보선
책임편집	우민지
인쇄처	으뜸사
펴낸곳	국학자료원 새미(주)
	등록일 2005 03 15 제25100−2005−000008호
	경기도 고양시 일산동구 중앙로 1261번길 79 하이베라스 405호
	Tel 442−4623 Fax 6499−3082
	www.kookhak.co.kr
	kookhak2001@hanmail.net

ISBN	979-11-6797-010-7 *03810
가격	19,000원